長編超《スーパー》伝奇小説
書下ろし
魔界都市ブルース

菊地秀行《きくちひでゆき》

媚獣妃《びじゅうき》

NON NOVEL

祥伝社

CONTENTS

カバー&本文イラスト／末弥　純
装幀／かとう　みつひこ

二十世紀末九月十三日金曜日、午前三時ちょうど――。マグニチュード八・五を超《こ》す直下型の巨大地震が新宿区を襲った。死者の数、四万五〇〇〇。街は瓦礫《がれき》と化し、新宿は壊滅《かいめつ》。そして、区の外縁には幅二〇〇メートル、深さ五十数キロに達する奇怪な〈亀裂〉が生じた。新宿区以外には微震さえ感じさせなかったこの地震は、後に〈魔震《デビル・クエイク》〉と名付けられる。

以後、〈亀裂〉によって〈区外〉と隔絶《かくぜつ》された〈新宿〉は急速な復興を遂《と》げるが、その街を産み出したものが〈魔震〉ならば、産み落とされた〈新宿〉はかつての新宿であるはずがなかった。早稲田《わせだ》、西新宿、四谷《よつや》、その三カ所だけに設《もう》けられたゲートからしか出入りが許されぬ悪鬼妖物がひしめく魔境――人は、それを〈魔界都市“新宿”〉と呼ぶ。

そして、この街は、哀しみを背負って訪れる者たちと、彼らを捜《さが》し求める人々との物語を紡《つむ》ぎつづけていく。あらゆるものを切断する不可視の糸を手に、魔性《ましょう》の闇を行く美しき人捜し屋《マン・サーチャー》――秋《あき》せつらを語り手に。

第一章　妙な気を

1

〈四谷《よつや》ゲート〉を渡ったところで、関口郷平《せきぐちきょうへい》は妙な気を起こした。

　タクシーのトランクに積んだ荷物を、かっぱらおうと考えたのである。

　荷物は五〇キロの麻薬であった。ただの麻薬《ヤク》ではない。

　郷平は横浜《よこはま》の暴力団「血風会《けつぷうかい》」の組員であった。

「死んでも無事に届けるんだ」

　とボスの柳楽段三《なぎらだんぞう》は念を押した。

「そんじょそこらのヤクじゃねえ。トランクひとつで五〇億の儲《もう》けになる。何処《どこ》の組織でも買ってくれるが、〈新宿〉の『火葬団《かそうだん》』は、相場の一〇〇倍は出すと言った。だが、相手は〈魔界都市〉のど外道《げどう》だ。どんな手を使って横取りにかかるかわからねえ。念のために、三日前から一台ずつ偽の車を送ることにした。おまえは四台目だ。絶対にしくじるんじゃねえ。もしも、『火葬団』がおかしな気を起こしたら、死んでも持って帰れ。いいな死んでもだ。ヤクを手放し、おめおめ帰って来たら、八つ裂きにしてくれる」

　ボスなら本当にやるだろう――郷平はぼんやり考えたが、それ以上の恐怖は襲ってこなかった。

ま、人を見る眼がなかったんだ。このおれに、こんなお宝を預けて脅しひとつで済まそうなんて。

　無論、郷平に柳楽の怒りがわからないはずはない。一歩間違えば、マジな話、八つ裂きだ。郷平は二、三その実例も眼にしていた。「五〇億」がその恐怖を消した。

　彼は少年コミックで、守銭奴《しゅせんど》の主人公が、「銭ズラ」と叫ぶシーンをこよなく愛してもいた。

　儲けは五〇億。

　彼は「ウェイ」と「ルート」を考えた。

「品物《ブツ》を現金化しては運べないので、このまま逃亡する」「ウェイ①」

「しかし、トランクひとつ――五〇キロを超す物《ブツ》を持ってはうろうろできない。現金をすぐ銀行へ振り込んでくれる買主を見つける」「ウェイ②」

「自分に、そんな知り合いがいるか？　いる。〈百《ひゃく》人町《にんちょう》〉の換金屋『出しまっせ』だ。行こう」「ルート①」

　問題はこれからだ。「出しまっせ」は仕入れた品を、どんな相手にも返却しないからいいが、ボスは必ず突きとめて、おれを追って来る。あと一五分で取引き現場に着く。それが一分でも遅れたら、即追手がかかるだろう。おれの考えくらいあっさり読んで、〈新宿〉中の故買屋や換金商に手を廻《まわ》すに違いない。それに一〇分として、追手がおれを見つけ出すのに、そうだな、まず三〇分――これはまずい。「出しまっせ」に入れてからただちに〈新宿〉を出る――それを三〇分以内にやってのけるのは――うーむ、無理だ。「ルート②」

あきらめよう。「ルート③」

　やがて、〈東《ひがし》五軒町《ごけんちょう》〉の廃墟《はいきょ》近くでタクシーを停《と》め、郷平は月の光の下を、荒涼《こうりょう》たる瓦礫《がれき》の一角に立った。

　向こうに三つの人影が立っている。五月――春の晩にふさわしく、背広はひどく太ったのがひとりきり、あとは半袖のシャツだ。ひとりが銀色のケースをぶら下げている。

　見た目は簡単な麻薬と現金の交換だから、お似合いともいえるが、実質は一〇〇億の取引きだ。

――こいつら、強化人間かサイボーグだな
　脳はそのままのサイボーグなら、話し合いはできるが、注射一本、カプセルひとつで超人と化す強化人間は、脳が一種の催眠状態に陥《おちい》るから、用心に越したことはない。ガードどころか殺人要員だ。

　月光の下でも、よく見ると眼がイッている。

「時間どおりだ」

　サイボーグ（らしい）背広姿は、手にしたスマホに告げた。

「これから取引きに入る」

相手は柳楽だろう。

「そこへ置け」

と二人の中間地点を指さす。

勿体《もったい》ねーなと思いつつ、郷平は従った。

背広姿が後ろの二人に指を鳴らし、トランクを指さした。

銀ケースのひとりが前へ出て、トランクの隣に銀ケースを置いた。

「よし」

背広姿の合図で相手の品を取って戻る。

突然、上空から真紅の光がふたすじ、ふたりを貫いた。灼熱《しゃくねつ》の粒子ビームであった。

半袖の頭部は一瞬で蒸発したが、郷平は間一髪《かんいっぱつ》外れた。電子照準が狂ったわけではない。狂うはずがない。

正《まさ》しく兇光《きょうこう》が貫く寸前、郷平はまたも妙な気を起こしたのだ。やっぱり、パクっちまおうと。

逃走するのは、現金を手に入れてからでもできる。それをいきなり搔《か》っ払《ぱら》いに変更し、地を蹴《け》ったのは、妙な勘が働いたのか、それとも運というべきか。

彼はやって来たのと反対へ走り出した。しかし、新たな熱の槍《やり》は、間髪《かんはつ》入《い》れず、その頭部を蒸気と変えるはずだ。

遠い虚空《こくう》で、火の花が生まれた。

もうひとりの半袖が手にした短針砲《ニードル・キャノン》を狙撃者に放ったのだ。

標的の位置もビームの一閃《いっせん》から把握したのであろう。〇・八光速のスピードで射《う》ち出されたタングステン・カーバイトのミクロ針は、五〇〇〇本、うち一本でも命中すれば、いかなる生命体も即死する。

一〇〇メートルほど上空に静止中のドローンは、三撃目を送る間もなく、全機能を停止させて、死に絶えた。

「え、え？」

走りながら、郷平は眼を剝《む》いた。

短針砲の銃口がこちらを向くのを感じたからだ。

だが、射手の真横から放たれた別の粒子ビームが、武器もその持主も焼き尽くした。

このとき、郷平持ち前の俊足は、彼を廃墟の外に脱出させていた。

「しくじったようだな、坂巻《さかまき》さん」

揶揄《やゆ》の声は、背広姿の上空から舞い下りて来た。

磁気飛行ポッドを背負ったスーツ姿と、部下らしい屈強なのが三名。いずれもポッドを背負っている。

「ああ」

背広姿――坂巻はそっぽを向いて眼を細めた。

「どうするんだい？」

スーツ姿が訊《き》いた。こういう稼業には珍しい品のある美男子だ。

「あんたらは、金を持って帰れ。それでこの件はおしまいだ」

「そうはいかねえんだよ」

スーツ姿の男は、ネクタイをゆるめながら言った。はっきりと嘲笑《ちょうしょう》の響きがあった。

「こっちには、あの薬《ヤク》が必要なんだ。逃げられちまいましたと、銭だけ持って帰れ？　子供の使いじゃねえんだぜ」

「わかってるさ。南郷《なんごう》さん。――で？」

そっちの言い分は？　という意味である。

「この件に関してはおれにみんな任されてる。三日間やろう。その間に物《ブツ》を取り返してくるんだ。あんたが、部下を始末したのは、ここにいる誰も知らねえ。多分逃げたことも。ボロを知られねえうちに、早く手を打つんだな。ことわっとくが、うちも奴《やつ》を捜す。薬を手に入れたからって、あんたに返すつもりは毛頭《もうとう》ねえ。そうしたら、あんたもおしまいだ。さあ、何とか柳楽さんを誤魔化《ごまか》して、三日間の猶予《ゆうよ》を手当てするんだな。じゃあな」

南郷と三人のガードは垂直に空中へ舞い上がるや、西の方へ飛び去った。

「糞《くそ》ったれ。薬《ヤク》もそのための銭も三日たったらおれの物《もん》だぜ。それまでせいぜい親分のご機嫌を取っておくんだな」

坂巻は毒づき、上衣《うわぎ》のポケットから小さな瓶《びん》を取り出し、キャップを外すと、透明な中身を二人のサイボーグの上半身にふりかけた。

たちまち何ともいえない悪臭と白煙が上がって、たくましい身体《からだ》は溶解しはじめた。

死体を残してはいけない場合の、常套《じょうとう》手段であった。

ガードたちの上半身が完全に溶け、地面や瓦礫の染みと化すのを確かめてから、彼もやって来た方角へと小走りに進み出した。

パトカーの音は聞こえなかったが、野次馬《やじうま》のざわめきが近づいていた。廃墟は、黒社会の取引きや決闘その他、頻繁《ひんぱん》に使用されるため、恒常的に監視している住民や物好きが多いのだ。

すでにバリケードの外に集合していた人影の頭上を軽々と飛び越えて、坂巻は走り去った。

廃墟を出て一〇分もしないうちに、郷平は脱出に失敗したのを知った。

頭上に気配を感じたのである。人間《ひと》ではない。メカ――ドローンに違いない。

「横盗《ど》り野郎め」

吐き捨ててから、逃亡手段を考えたが、うまくいかなかった。

空から眼をつけられた場合、そいつを射ち落とさない限り、透明と化すことはできない。地下や建物の内部へ逃げ込んでも、蚊サイズのドローンは追いかけて来るし、そのうちその所有者たちが、武器を手に追撃してくるだろう。

深夜一時すぎといっても、〈新宿〉自体は何処でも、ひと気が絶えないし、〈歌舞伎町《かぶきちょう》〉は昼間の喧《けん》噪《そう》を保っている。

――何処かに、打つ手があるはずだ。ここは〈魔界都市〉なんだぞ

必死で頭を巡らせていると、

「そこの方――これ、寄っておいき」

呼んだのは、通りの隅に店を広げている街頭易者であった。白髪白髯《はくぜん》、昔風の筒型帽子に和服、見台《けんだい》の上では筮筒《ぜいとう》に入った筮竹《ぜいちく》や算木《さんぎ》、サイコロが並んでいる。普通の易者ならスーツ姿だが、古風なほうが若者には受けると、こんなスタイルを取る易者もたまにいる。

「ふざけるな」

と行きかけた郷平の足を、易者の言葉が引っ張った。

「逃げても無駄じゃ。敵は空から見ておるぞ」

数秒後、郷平は見台の前で、筮竹をじゃらじゃらさせる易者を見つめていた。

「うーむ。この難局から救い出してくれる相手か――東南東に、と言ったら、その辺のヘボと同じことになる。これからすぐ〈歌舞伎町〉へ行って、『コピー屋の水野《みずの》』を捜してごらん。営業中？　勿《もち》論《ろん》じゃ。あんたみたいな人間は、山ほどこの辺をうろついておる。そのための店は、常に二四時間営業じゃ。ここは〈新宿〉だぞ」

「そこへ行きゃ逃げられるんだな？」

「いま上空にいる蚊トンボからはな。その後どうすればいいかは、また要相談じゃ。ほい、一万円」

札を一枚見台に置いて、

「助かったぜ、爺《じい》さん。もう会いたくはねえがなあ」

「そうはいかん」

と郷平は挨拶《あいさつ》した。

「なにィ？」

「これはおまけだが、あんたは、また誰かと会うじゃろう。コピー屋以外のな」

「誰だ、そりゃ？」

「教えるな、とあんたの額《ひたい》に書いてある」

「このどケチ」

言い捨てて、郷平は通りの端でタクシーを拾った。ドローンに顔と姿を見られないようにだ。

ふり返っても、見えるのは易所だけだった。

「爺《じじ》いめ、手を振ってやがる」


〈歌舞伎町〉までは、さすがは深夜で十分ほどかかった。

目的地はスマホで調べてある。

〈職安《しょくあん》通り〉で降り、細い路地の一本を〈旧新宿区役所〉方面へと向かった。頭上で、蚊の飛ぶ音が聴《き》こえたような気がした。幻聴だ。

ラブホテルや小さな飲み屋が並ぶ道を二分と進まず目的地に着いた。

よく残ったなと心底呆《しんそこあき》れ果てるくらいのボロいビルの一階に、

コピー屋　水野さん

赤ペンキを刷毛《はけ》で塗りつけたドアが嵌《は》まっている。

チャイムもないから、拳《こぶし》を叩《たた》きつけた。

反応はない。窓もないから室内の様子は不明だ。

「開けろ開けろ開けろ〜」

絶叫とぶっ叩きの成果は、すぐに現われた。

スチール・ドアがいきなりこちらへ倒れてきたのである。

「うわわ！」

間一髪跳《と》びのいたのは、抜群の反射神経のせいだ。

ドアの向こうから、人影が現われた。

シルクハットに黒いコートをまとった男である。

眼は青いが赤い。血走っているのだ。

「誰だ、てめえは？」

恫喝《どうかつ》するや、そいつの右手に握りしめられた肉切り包丁《ナイフ》に気がついた。刃渡り三〇センチ、分厚い蛮刀《ばんとう》だ。

郷平の誰何《すいか》のせいか、こちらを向くや、ナイフをふりかぶった。

郷平が跳びのく寸前、そいつはナイフをふり下ろした。

「わっ⁉」

と叫んだのは驚いたせいか、刃《やいば》から散じる妖気を体感したせいか。

だが、ナイフは鼻先二センチで止まり、切りつけようとした身体は、みるみる縮んで眼鼻つきのゴム人形と化したではないか。

「今度こそ成功だと思ったのにィ」

泣き声が上がったとき、郷平はその主が男だと知った。

2

革のベストを着た中背《ちゅうぜい》の男であった。丸くて濃いサングラスをかけている。眼つきは謎だが催眠術には使えないようだ。五〇歳には間がありそうである。

男は足下の風船の残骸《ざんがい》を拾い上げて、あーあと洩《も》らした。驚いたことに、ナイフも同類だった。

こっちを無視して向けた背へ、

「おい――あんた、コピー屋か?」

郷平はあわてて声をかけた。

男は足を止めてふり向いた。虫ケラでも見るような表情だ。

「――何だよ?」

と訊いた。

「コピー屋の水野か?」

「水野さんだ」

声がやや高い。ベストもジーンズも、いやに下のラインを強調している。

「なんでえ、おカマか」

「悪いかしら？」

本物だと思った。だが、どうでもいいことだ。ここは何でもありの街なのだ。

「悪かねえ。おれは関口郷平――一市民だ」

「それで？」

「仕事を頼みてえ。これのコピーを作ってくれ」

右手のトランクを叩いてみせた。

サングラス――水野はその音を聞きながら、郷平を眺めて、

「大して危《やべ》えこたできそうにないね。お入り」

そして、がっくりと肩を落として奥へ消えた。

急いで追いかけ――郷平は戸口で不意に足を止めてから、いきなり飛び込んだ。

入ったところは居間兼オフィスらしく、それなりの家具とデスクに、少し旧型のコンピュータが揃《そろ》っていた。

ソファを勧めてから、

「ドローン？〈尾行影《びこうえい》〉？」

と訊いた。

「ドローン」

〝尾行影〟とは、人物の影に自らを重ねて、その主を追いかけ、エネルギーを吸い取って衰弱死させてしまう〈新宿〉の妖物だ。憑《つ》かれたら、三日でアウトとされている。

水野は腰をスイングさせながら、トランクに近づいて、ひょいと持ち上げ、デスクの上に載せた。意外に力があるのと、もう立ち直ったらしい。

「あら、鍵《ロック》がかかってる」

とサングラスに手を当てて、

「ははん。これは厄介《やっかい》よ。おたく開錠ナンバーをご存じ？」

「いや」

と言ってから、郷平は大ミスに気がついた。そう

か。開けなきゃならねえんだ。

「鍵は相手の――」

口を滑らせてから、またしでかしたと思った。

水野がクスリと笑って、

「やっぱ、盗品か。なら、早いとこ鍵捜しておいで」

「そ、そいつは無理なんだ。何とかしてくれ」

「簡単な品ならいいけど、これはキツいな。〈西武《せいぶ》新宿〉の〈新宿プリンス〉側の通りに、〈ミスター・ミニッツ〉があるから、作ってもらっておいで」

「わかった――」

とトランクの握りを摑《つか》んで戸口に向かい、また立ち止まった。

「ドローンだね」

と水野が訊いた。

「一万円で始末してあげるよ。どう?」

「い、いいとも」

「なら――GO!」

かん高い声に押されるようにして、郷平は外へ出た。

足取りは軽かった。

店もすぐ見つかった。

外から覗《のぞ》くと、先客はひとりきりだ。

通りを渡ろうと一歩踏み出した途端、左から出て来た少年とぶつかり、よろめいた。

相手は勢いよく車道に転がり、後頭部を押さえて、

「いっ痛《て》って」

と派手な声を上げた。

「悪いな。気をつけろよ」

と歩き出そうとした上衣の裾を、ぐいと摑まれた。

ふり向くと、七つくらいの少年より、二、三上と思《おぼ》しい少女が、彼を睨《にら》みつけている。

「弟をぶっ倒して、挨拶もなしで行く気かよ?」

一瞬で気がついた。今日の取引きに出る前日、〈新宿〉の観光ガイドを見ておいた。ざっとだが。こいつらの名前はあった。

「てめえら、〝ぶつかり屋〟だな」

言うまでもない。元来はわざと車にぶつかって、撥《は》ねられたと言いたて、賠償を要求する〝当たり屋〟の意味だが、こちらは車でも人間でも標的にするので、この名がある。

「ふざけやがって、こっちは忙しいんだ。ぐたぐた抜かすとポリ公を呼ぶぞ。手え離しやがれ」

たっぷりと凄《すご》みを利《き》かせたつもりだが、少女はビクともしなかった。

「何だよ、弟の頭をコンクリにぶつけといて、その言い草は？　ポリ公だ？　いいよ、呼んで来な。あ、浩吉《こうきち》⁉」

叫び声を上げて、彼女は何とか上体を起こした少年に駆け寄って、後頭部に手を当てた。

「見な！」

突きつけた手の平には、赤いものが付着していた。

「頭が割れたんだ。こりゃ、生半可《なまはんか》な挨拶じゃあ済まないよ。どうすんだい⁉」

郷平の脳裡《のうり》を、ガイドブックの解説が駆け巡っていた。いわく――

「〝ぶつかり屋〟に遭遇したら、問答は無駄である。警察を連れて来ない限り、向こうは絶対に引かない。一万円程度を渡し、謝罪してそこを去るべきだ。なお、別れ際《わかれぎわ》に向こうを責めたりすると、要求はますます激しくなる。本書のラスト・ページについているサービス券で、〈区役所〉かその〈出張所〉で、緊急用ホイッスルを受け取り、パトロール中の警官を呼ぶのが最良の方法である。ただし、〈新宿〉の警官は、署を一歩出た途端、事件に遭遇するのが普通だから、こちらの登場を当てにしてはいけない」

郷平の焦《あせ》りを読んだか、少女はさらに声を荒らげた。

「どうすんだよ、お兄さん。ポリ公呼んだら、捕まるのはあんたの方だよ、傷害罪でもってねえ」

「わかった」

彼はポケットに手を突っ込み、財布を取り出した。途端に丸ごと引ったくり、少女は〈靖国《やすくに》通り〉の方へ走り出した。

「こ、この餓鬼《がき》。待ちやがれ！」

追いかけようと身体が動き、当然の反応として重いトランクをそこへ置く。〈区民〉ならざるものの痛恨のミスだった。

三歩走って、血も凍る思いでふり返ったとき、トランクは消えていた。少年もまた。

呆然《ぼうぜん》と立ち尽くす田舎《いなか》者の背後を、大型トラックが走り抜けていった。

少年は通りを上がりきったところで、ひと息ついた。眼の前は〈職安通り〉だ。まさかこんなものを持って逃げようとは思いもしなかったし、今になっても、どうしてかはわからない。

銭になる。

勘だ。

何とか家まで運んで中身を確かめなくては。胸が騒ぐのは、一気に坂を上って来たせいばかりではない。悪い予感もするのだ。それが当たった。

背後から走って来た足音が、四人のチンピラと化して、ぐるりを囲んだのだ。

「よう、浩吉――面白《おもしれ》えもン抱えてるじゃねえか？下で失敬して来たのかよ？」

馴染《なじ》みの面々――〈歌舞伎町〉を漁《あさ》り場《ば》にしている「乱交小隊」のチンピラどもである。よりによって最悪の状況を迎えてしまったことに、浩吉は気がついた。

「何だっていいだろう。おめえらとは関係ねえ。あっち行きやがれ」

とトランクにすがりついたものだから、通行人が、足を速めはじめた。

チンピラたちが眼配《めくば》せし、ひとりが、

「お利口《りこう》さんだねえ。ほら、貸しな」

とトランクに手をのばした。

「うるせえ！」

少年はその手指に噛《か》みつき、思いきり歯を立てた。

チンピラは悲鳴と一緒にのけぞった。人さし指が第二関節から食い切られていたのである。

「この餓鬼ィ」

ひとりが浩吉の髪を摑んでトランクから引っぺがし、三人目がトランクを摑んで、〈明治《めいじ》通り〉方面へと走り出す。

「待てえ」

と叫んだ浩吉の頭は、今度こそ手加減抜きで、路上へ叩きつけられ、彼は失神した。

チンピラたちは、〈職安通り〉の信号を渡って、〈大久保《おおくぼ》〉方面への道を走った。

もう尾《つ》いてこねえだろうと足を止めた。

じきにホテル街になる。

「大丈夫か？」

訊かれたのは、人さし指をやられたチンピラで、訊いたのは、リーダーらしい。

「ああ。復活剤の一〇粒も服《の》みゃあ、これくらい、三日で元に戻るぜ。治ったら、浩吉の餓鬼、ぶち殺してやる」

少ない通行人がかたわらを過ぎていく。

三分ほど歩いて右へ折れると、プレハブの廃屋《はいおく》があった。彼らの棲家《やさ》である。

三和土《たたき》の他は二〇畳ばかりの床——これもプレハブだ。奥のプラスチック・ケースには拳銃やナイフが集めてある。

「おれの手当てはいい。先に物《ブツ》の中身を調べろ。売りさばける品なら、早いとこ珍《ちん》の店へ持ってかなきゃならねえ」

「よっしゃ。けどロックされてるぜ。古い鍵《オールド・キイ》タイプだから、パソコンじゃどうにもならねえ」

「中身を確認するだけでいいんだ。どっかに穴開けろい」

リーダーらしいのがトランクの方へ顎《あご》をしゃくると、ひとりが奥のケースから、BB弾くらいの爆破棒《どっかんバー》が三〇本も収まった革ベルトを取り出した。

鍵穴に一本ねじ込んだ。

細いが、人間《ひと》ひとり二つにできる。

もうひとりが、窓の下にある吸音器のスイッチをONにした。

全員が三和土へ下りた。


大小二つの影がプレハブを訪れたのは、住人たちが戻ってから一〇分と経《た》っていなかった。

「火薬の匂いがする」

鼻をくんくんさせて、相方を見上げたのは、浩吉だ。


「あいつら――トランクを」

「中身は何だと思う?」

「勘だけどよ、麻薬《ヤク》だ。重さもそれくらいだった」

長身の影が、確かめるように左を向いた瞬間、
ああ〜んと、恍惚《こうこつ》の声を上げて、通りかかった若いカップルの女の方が崩れ落ちた。

食い止めようとした彼氏の方も、こちらは陶然《とうぜん》と女の手を離してしまい、背後の塀《へい》に背中をぶつけてしまう。

黒いコートの内側からマスクを出して、一枚は浩吉に渡そうとしたが、少年はもう付けていた。

「用心がいい」

声を聞いて、塀にもたれた男が震え、ずるずると尻餅《しりもち》をついた。

「可哀相《かわいそう》に。でも、兄貴の顔をまともに見たのが運の尽きさ。何回も見てるおれだって、さっき、チビりそうになったもの」

浩吉と〈職安通り〉の路上で遭遇した彼は、事情

を聞いてすぐにここへ辿《たど》り着いたのであった。

浩吉がすでに尋《たず》ねたように、四人組と彼は、この路地ですれ違った。彼がチンピラのひとりに妖糸《ようし》を巻きつけたのは、浩吉の名前を聞いたからである。

秋《あき》せつらであった。

感染防止マスクをつけたせつらは、ドアを開けようとしたが、鍵がかかっていた。

「ここも鍵かよ」

浩吉が毒ついた途端に、ドアは音もなく開いた。

「あらあ」

これは浩吉である。せつらは無言であった。いくら彼でも、おかしな声は上げられなかったであろう。

三和土には鮮血が叩きつけられていた。飛び散った血玉の動きが、ここ数分の出来事だと告げている。

問題は広間だった。

血の海の中に、人体のあちこちが転がっているのだ。

「来るな」

と浩吉に伝え、せつらは音もなく空中に舞い上がり、床の一〇センチほど上で、調査に歩き始めた。

膝《ひざ》から下だけ残っている右足を、宙に浮かせてしみじみと眺《なが》め、

「齧《かじ》られている」

と背を向けた。生足は空中でぶらぶらしている。

若者の顔が浮き上がった。左半分がない。

「爪でやられた」

また宙ぶらりんにして、今度は胴体であった。

これには、浩吉にもわかる爪と牙の跡がついていた。

「みな鍵がかかっている——となると」

せつらは天井近くまで上昇し、その一角に手を当てて押した。

一メートル強くらいの穴が開いた。

「逃げ口を隠した——ただの獣じゃない」

舞い下りてから、せつらは、広間を見渡し、

「トランクも持って逃げた。知能犯だな」

と浩吉に伝えた。

パトカーのサイレンがやって来た。戸口には、通行人が何人か重なっている。まともな人物が通報したに違いない。

「おまえは行け。帰ったらマスクは焼いて、そのトランクのことは忘れたほうがいい」

「わかったよ」

浩吉は素直に応じた。

彼が〈職安通り〉の方へ走り去るのを確かめてから、せつらは通行人たちをふり返って、浩吉の消えた方角と自分を指さし、その指を唇に当てて、

「しーっ」

と息を吐くや、やって来た警官たちと入れ替わりに宙へ舞い上がり、家々の屋根の向こうに消えてしまった。

警官たちは、事件の犯人について問い質《ただ》したが、世にも美しい若者と少年のことを口にするものは、誰もいなかった。

3

「ふうむ」

パソコンの画面に出た分析結果を一瞥《いちべつ》しても、白い医師の美貌《びぼう》に変化はなかった。

「危《やば》いだろ?」

せつらが念を押すように言ったのは、院長の胸の裡《うち》を探った結果であった。院長は静かに、

「これは『王妃マーゼンの唾《つば》』という媚薬《びやく》だ」

と言った。

「ひとつの伝説とそこに記《しる》された名前しか判明していないので、その実在性も疑われていたが、これほど大量に残っていたとはな」

「伝説って?」

せつらもさして関心はなさそうだ。

「いわゆる四大文明と同じ時代、他に十近い文明が存在していたのは、知っているな？」

「うん」

本当かどうか。

「そのうちのひとつ、現在のイタリア・ポー河の岸辺に誕生したポーリロワ文明で、使用され、以後封じられた媚薬だ」

「封印？　するとかなり強烈な薬か」

「恐らくは、な。通常、媚薬の成分は、男性ホルモンのテストステロンと、女性ホルモンのエストロゲンを含む薬草や鉱物等を配分し、それに特殊な香料を加えて、男女の性欲を昂進《こうしん》させる薬とされているのは、ご存じだろう。伝説によれば――」

ポーリロワの首都ポラリスは、旧約聖書のソドムとゴモラを想起させる淫猥《いんわい》な背徳の都であり、住人はすべて媚薬を溶け込ませた空気の中で暮らしていたという。

媚薬はポラリスの中心に建つ五棟の工場で製造され、調整された空気の流れによって国の隅々にまで運ばれた。人々は愛欲に狂い、しかも、そのエネルギーはすべて同じ工場に吸収され、さらなる強力な媚薬を生み出すべく使用されたものである。

「そんな国作って何になる？」

せつらはのんびり抗議した。少しは呆れているようだ。

「そもそも国家として成り立たないだろ。そんなもの飲んでばっかりいたら、生まれるのは子供ばかりだ。作物の生産はダウンまたダウン。他所《よそ》から侵入して来たら、一発で征服されてしまう」

「そのとおりだ。伝説によれば、ポーリロワは西の小国チョーチランによって征服されてしまう。だが、征服された数日後、両者はともに歴史から姿を消す」

「へえ」

せつらは、さして驚いたふうもなく言って、

「その原因が、『王妃マルゼンの唾』？」

「『王妃マーゼンの唾』だ。間違えるな」

「はあい」

「あくまでも伝説に従えば――」

首都ポラリスへ進駐してきたチョーチランの軍勢は王宮を占拠。王と王妃、及び重臣たちにある秘密の要求をしたという。彼らは、ポラリスの王宮で日ごと夜ごと行なわれる媚薬による快楽と恍惚の時間《とき》を、スパイによって知悉《ちしつ》していた。そして、自分たちのために、その宴を開けと求めたのである。

王と王妃はひっそりとそれを受け入れ、ただし、

「決して後悔なさいませぬな」

と、妖しい笑みとともに訊いた。

二日後、ポラリスを訪れた旅人たちが見たものは、都ばかりか、ポーリロワ全土を満たす、寸断された死体たちであった。それは地獄の魔犬ケルベロスに牙と爪によって引き裂かれ、どの身体も原形を留《とど》めず、一体分の再生すら叶《かな》わなかったと伝えられる。


侵入者への問いからして、すべては王と王妃の手になる死祭であった。だが、それはいかなる邪悪な精神のなせる業《わざ》なのか。

「王妃マーゼンの唾」の名が、いっとき人々の口の端《は》に上ったのは、数千年後古代ギリシア――かのソクラテスの指摘によってである。

ポーリロワとポラリス、そして、邪悪なる王妃マーゼンについて、大賢人はその知るすべてを語り、

「二つの国を滅ぼす因《もと》となった殺戮《さつりく》は、ポーリロワの王妃マーゼンが調合した淫薬『王妃マーゼンの唾』によるものだ」

と、二年前の九月にアテネで発掘された古代図書館に収められていた『老爺《ろうや》の日誌』に書き記されている。

「――以来、世界中の物好きが、その調合と成分を知りたくて、右往左往だそうだ。ここにもかなりの数が押し寄せているらしい」

「そんな物騒なもの、こしらえてどうする？　興奮

したらモンスターになりましたじゃ、おちおち同衾《どうきん》もできない」

「死体を見たと言ったな？」

「ああ」

「顔も見たか？」

「ああ。半分ないのと色々」

「どんな表情をしていた？」

「うっとり」

「バラバラにされた連中は、恍惚の中で死んだのだ。恐らくは性的興奮の絶頂でな」

「そう言えば」

「？」

「みんな勃《た》ってたよ」

メフィストはうなずいた。何とかの唾を飲むより、この顔を見ていた方が、我を忘れそうだ。

「人間を怪物化させる媚薬なら、〈歌舞伎町〉で幾《いく》らも手に入るよ」

とせつらは言った。


「その薬は特別なの？」

「じきにわかる」

メフィストは窓の方を見た。

「じきにな」


せつらが治療室を出るや否や、スマホが鳴った。

「血風会」と「火葬団」——ある薬を横取りした人間を見つけ出してくれとの依頼であった。もう一件は、〈新宿警察〉——出頭要請だ。

早い方——「血風会」の柳楽と、翌日、オフィスで会った。

「飼い犬に手ぇ嚙まれちまった。よろしく頼むぜ」

そいつの資料だとメモリーを渡された。

「ひとつ確認」

せつらはこう切り出した。

「彼が持って逃げた薬ですが、これは契約外ですね？」

「そりゃ一緒に確保してくれれば助かる。別料金を払うよ」

「承知しました」

「ことわっとくが、こっちには見つからなかったと言って、実はポケットへなんて手は使うなよ。ばれたら八つ裂きだぞ」

「はい」

茫洋《ぼうよう》たる美貌を見て、柳楽は溜息《ためいき》をついた。見ていたら、何でもこいつの条件を吞《の》んでしまいそうだ。

捨て台詞《ぜりふ》も残せず、暴力団の親玉は去った。


少し後、せつらは〈新宿警察〉本部の取調室にいた。

相手はシケモクとよれよれのトレンチ・コートで名高い朽葉《くちば》刑事であった。

〈新大久保〉ラブホテル街での虐殺現場にいたのは、目撃者からわかっている。事情となぜ逃げたかを説明しろとの要求であった。


「誰かがしゃべった？」

口止めしておいたはずである。これはせつらの名誉に関わる問題であった。

「いいや」

朽葉はかぶりを振った。

「しゃべっちゃいない——ひとりもね。目撃者の証言で君がいたと知れたわけじゃあないんだ。彼らの様子だよ。何を訊いてもうっとりして、ろくな返事も返って来ない。〈新宿警察〉の人間なら誰でもわかるわい」

「ははは」

「こういう状況は何度もあった。今回は何事か、知る限りを白状《ゲロ》してくれたまえ」

「はーい」

せつらは、そのとおりにした。浩吉との部分を除いてだ。

〈新大久保駅〉近くの〈韓国人街〉で買い物をした後、ラブホ街を抜ける途中で、あのチンピラたちとすれ違い、宝を手に入れたという言葉が気になって、現場の家まで尾けたら、悲鳴が聞こえたので覗いた。警察に言わなかったのは――

「怖かったんです」

「いい加減にしてくれ」

朽葉は、疲れ果てたように呻《うめ》いた。しょぼくれた姿が、さらに侘《わび》しさを増す。

「おれが閻魔《えんま》様だったら、何百回となく舌を抜かれてるぞ、こら」

「はい」

だが、せつらの言い分は通ってしまった。他の目撃者が、宙を仰《あお》いで♡マークでは、彼の言葉を信じるしかないのである。言い分に問題もなかった。

「そちらの手がかりは？」

逆に訊いてみた。

「みな、君のように通りかかった連中ばかりで難《なん》渋《じゅう》したが、さっき、その前にチンピラたちらしいのを目撃したという通行人が見つかったよ」


朽葉が捜査の状況を打ち明けるのは、ある意味厄介な若者が、時に大いなる協力者に変身するせいだ。彼の力で解決――かなり凄《すさ》まじいが――に導《みちび》かれた事件は数多《やま》い。どう考えても証言は嘘《うそ》、大量殺人も手がけているはずだ。だが、逮捕しても参考人止まり、裁判まで持ち込めた例《ためし》がない。例どころか、警察のほうで握りつぶしてしまうのを、朽葉は知っていた。

「帰ってよろしい」

「威張《いば》っている」

「お帰りください」

で事情聴取は終わった。

本名は曽根《そね》常吉《じょうきち》――通称はツネである。彼は、〈神楽坂《かぐらざか》〉にある廃墟のひとつで頭を抱えていた。仲間を食ってしまったのである。それもバラバラにした上で。
原因はわかっている。部屋の隅に置いてあるトランクのせいだ。まさか、あんなとんでもない代物《しろもの》が入っているとは。

蓋《ふた》の鍵を吹っとばしても、中身は傷つかなかった。小分けにされたビニール袋の中身——真っ赤な粉は。

ツネもここ数年チンピラ稼業で〈魔界都市〉を生きて来た以上、麻薬にはそれなりに詳しい。それが、初めて見る品であった。

少年が大事そうに持ってるのを見て、こりゃ薬《クスリ》だと思った。それは間違いないらしいが、初見となると、取り扱いが不明で危《やば》い。

どう考えても、それは彼の常識内の思考であって、物《ぶつ》自体は絶対にその外に属するのだ。

袋を開けた途端、袋の中身が妖物化したら、彼らはひと呑みだ。

捌《さば》く先でもその辺は承知しているから、ただ届けるだけでは、買い叩かれるのがオチだ。

四人はケースから取り出した榴弾筒《りゅうだんとう》付きのショットガンや一〇〇連発の短機関銃《SMG》、小型火炎放射器、蛮刀で、爆破シーンを見守った。

ドン！　と来たが数秒は何も起きなかった。

「ツネ、確かめろ」

とリーダーが言った。小指を食い切られたのだから、多少のリスク追加は当たり前と考えたのだろう。そういう男であった。

指の痛みに耐えながら、破壊部分に近づいた。一見、異常はない。

そのとき、袋の一部が破れているのと、甘酸《あまず》っぱい匂いが、二つの感覚を刺激した。

それから起きたことは——実はよく覚えている。

全身が欲望の坩堝《るつぼ》となった。血流が一気に勃起中枢に襲いかかり、器官を——男根をしごきにかかる。

眼の前に女がいた。

全身を駆け巡る熱気に焙《あぶ》られながら眼を剝くような、異国の美女であった。女は淫猥そのものの笑顔で彼を見つめ、こうささやいたのだが、日本語ではなかった。なのに分かった。

「おまえは私よ。男も女もありはしない。さあ、おまえのしたいことを今すぐにおやり。それこそが、私のしたいことよ」

次の瞬間、彼は背後の仲間に襲いかかった。指で頬を撫《な》で、服を剝《は》ぎ、乳首を吸った。仲間は発砲ひとつしなかった。彼の手が膨《ふく》らみにかかるや、たちまち射精した。そして、もっともっとと叫んだ。その唇を食いちぎり、手足の肉を削《そ》いで、男根も咬《か》み切った。逃げようとする者はいなかった。

内臓を貪《むさぼ》る前に、外で人の声が聞こえた。五感は異常に拡大していたのである。

トランクを摑んでジャンプした。

右手の爪一本で脱出孔を切り抜き、屋根へ上がると孔《あな》を塞《ふさ》いで、隣の家の屋根へ跳び移った。一〇メートルの距離など造作《ぞうさ》もなかった。

後は小路を選んで走り、ここへ辿り着いたのである。

だが、のんびりしてはいられない。何処かで誰に見かけられたかもしれない上、警察も動いているだろう。

昨夜のうちに、ツネは自分を取り戻していた。薬の効果は約三時間。それ以後の彼は、平凡な不良中年に過ぎなかった。

恐怖と後悔が百回も胸を食らい尽くし、今も牙をたてている。

薬のせいだ。あれはおれじゃなかった——警察でこう叫べば、〈新宿〉の官憲は、理解を示してくれるだろうが、自身の後悔が消えるものではなかった。

「どうすりゃいいんだ?」

絶え間ない問いの答えに、普通の回答はひとつしかなかった。

自首すること。

だが、それはできなかった。

できないのだ。
何故《なぜ》か。
ほら、下半身を見るがいい。
ツネはまだ勃起中であった。

第二章　ほんのひとたらし

1

訪問者の顔を見て、少女は眼を伏せた。いくら慣れてもこうなってしまう。そっぽを向かないのがせめてもだ。

「いるかな?」

とせつらは訊《き》き、

「はい」

と人形娘は答えた。青いガラスの瞳が、天与《てんよ》の美《び》貌《ぼう》を映している。いつまでもここにいてくれと、少女は願っているのかもしれない。

居間の椅子に腰を下ろすと、奥のドアの向こうから、でんでんでんと足音がして、でっかい風船に手足をつけたような肥満女が、姿を現わした。

彼女を知らない者は、うおおと後じさるが、魔法使いと知れば、なんとか落ち着くだろう。理由は不明だが。

「はいはい、ご無沙汰《ぶさた》だね」

揉《も》み手《で》しながら、普通の倍はある肘《ひじ》かけ椅子《いす》に腰を下ろしたのを見て、せつらは、

――嵌《は》め込んだ
と思った。人形娘は、お茶をと告げて去った。

「お久し振り」

と返してから、

「メフィストに訊いてもわからない――教えて」

と、肥満女――トンブ・ヌーレンブルクの自尊心をくすぐる。

案《あん》の定《じょう》、

「メフィストにもわからない? ふふふ」

と邪悪に破顔した。

「で、何だわさ?」

「『王妃マーゼンの唾』の正体。その解毒剤を作って欲《ほ》しい」

まん丸顔が歪《ゆが》み、細い眼窩《がんか》の中で眼の玉がぎょろつくのを、せつらは初めて見た。

分厚いたらこ唇が、うーむと放った。

「あの媚薬《びやく》は、姉さんとあたしの共通トラウマなのだ」

「トラウマ?」

正直、せつらも驚いたようだ。世界はあたしの犬小屋くらいに思っているこの女魔道士に――トラウマ?

「二人して五〇年――いくら資料を読破してもわからず、実物を求めても手に入らなかった。あんた、それを見つけたのかい?」

「いや」

と片手をふり、

「でも、この街に大量に出廻《でまわ》りそう」

こう言うや、トンブは肘かけ椅子ごと立ち上がった。

「案内おし。この眼で見たいのだ。メフィストのところにあるのかい?」

「いやないい」

「なら、捜しとくれ」

「え」

「金なら幾《いく》らでも出すよ。正式な依頼さ。さあ捜しにお行き」

「物品は扱ってないけど」

テーブル越しにでぶが迫って来た。

「例外を認める」

「ほっほっほ」

と三段腹を平手打ちする女へ、

「条件がある」

「何じゃい?」

「調査の間じゅう、必要がある場合に限って、魔法で協力して欲しい」

「いいとも。その代わり、その分は報酬から引くのだぞ」

「わかった」

「んじゃ、よろしく」

トンブは椅子をつけたまま、廊下の奥へと去った。

「秋さん」

小さな品のよい――どんな悪気《あつき》でも霧消《むしょう》してしまうような可憐《かれん》な声が、ドアへと向かうせつらの背に当たった。

「あたくしも力をお貸しします。頑張ってください」

その声にせつらは右手を上げた。ありがとうのひとこともない。ふり返ろうともしない。

だが、そこに満ちるのは、満足の気配だけだ。

零時《れい》少し前に入って来た客を見て、ホステスたちは、みな厭《いや》な気分になった。具体的にいうと、
あたしのところへ来ないで
初めて見る顔は、生きてきた粗暴な世界をはっきり留《とど》めていたし、青白い顔は不健康そのもの。眼つきは、餓《う》えきった獣の卑しさで女たちを値踏み中であった。

「いらっしゃい」

結局、最もベテランが立ち上がって、客のところへ行き、奥の席――自分の隣に導《みちび》いた。

別のホステスが、ウイスキーと氷の入ったアイス・ペール、グラスを運んで来た。

「水割りで？」

と客の反対側――右に腰を下ろしたホステスが訊いた。

「ああ」

「何かオードは？」

客は少し考え、

「肉は何がある？」

「ハムの盛り合わせと、唐揚げと」

「それでいい。五人前ずつくれ」

ホステスは返事ができず、ベテランの顔を見た。こちらもこわばっていたが、すぐ、

「いいんですか、お客さん？」

と滅多《めった》にない質問を放った。たまにこういう客が来るが、みな酔っ払いだ。例外はなかった。出すと殆《ほとん》ど残して、勘定のときに文句を言い出す。

ホステスはベテランと目配せして、薄笑いを浮かべた。

ああ見えて細づくりのバーテンは、身体強化剤を愛用している。片腕のひとふりで、プロレスラーでも壁へ叩《たた》きつけてしまうのを、女たちは何度も目撃していた。

注文が来るまで、男はひとこともしゃべらず、こいつも薬をと、周囲を用心させた。料理が来た。骨つきの唐揚げを摑《つか》んで、ひと嚙《か》みで肉を毟《むし》り取った。

女たちの背を冷たいものが流れた。

「おまえら、イヤらしい目に遇《あ》ってみないか？」

客が呻《うめ》くように言った。

眼つきが異常だった。

ベテランが、

「お客さん、麻薬《ヤク》やってる？」

と小さく訊いた。客は首を横にふった。

「そんなもの使ってねえ。その辺で売ってるような安物はな。おれのは極上品よ」

地を這《は》うような声と淫猥《いんわい》な眼つきが、女たちを後退させた。

「おれは騒ぎを起こしに来たんじゃねえ。いい夢を見せてやりに来たんだよ。なあ、一緒に見ようぜ」

「お断わりよ」

ベテランが怒鳴《どな》りつけるように叫んで、バーテンの方を見た。

彼が胸をひとつ叩いて強化剤を行き渡らせる間に、客はポケットからギャル好みの緑の小瓶を取り出し、コショーみたいに中身をひと振りした。

バーテンが席の前まで来た。

ホステスたちが席を囲んでいた。

バーテンはすぐに彼女たちと同じことをした。唐揚げを摑んで口に入れた。

ぱりぱりと骨を嚙み砕いた。

向かいのホステスが、彼の方を見て、

「素敵」

と唇の涎《よだれ》を拭った。ズボンの下で、バーテンのものは布地を破って外界へ雄飛しようと猛《たけ》り狂っていた。


西堀塔子《にしぼりとうこ》は、〈新宿〉へ来て五年になるバーのホステスであった。店を転々とした。何処《どこ》もまともとはいえなかったが、この街へ来た以上承知の上であった。

その晩、射《う》ちすぎた麻薬のせいで、心肺停止の状態に陥《おちい》り、店への出が遅くなった。そのまま停《と》まっちまえばいいのにと思いながら出勤すると、そうなりそうな状態が広がっていた。

塔子は、すれ違いに店を出て行った男のことを思い出した。


警察を呼ぶ前に、店内へ入り込んだのは、〈新宿〉の闇世界で生きてきた女の勘と破れかぶれに近い度胸のせいであった。

血の海と散らばるホステス仲間とバーテンのあちこちを見ないようにしながら、席の周りを物色すると、シートの上に緑色の小瓶が見つかった。

これが元凶よ、と勘がささやいた。

幾つかの行動が閃《ひらめ》いた。

勘よりも常用のある種の麻薬のフラッシュバックであったが、うちひとつを選んだのは勘であった。

ハンドバッグに瓶を入れ、ふり返りもせずに店を出た。


せつらの下へ、外谷良子《とやよしこ》から連絡があったのは、塔子が店を出てから三〇分も経《た》たぬうちであった。

「あんたに言われたのと同じ事件が起こったわさ。ぶう」

外谷はこう言って、店名と塔子の名をつけ加えた。凄《すさ》まじい情報収集力である。だからこそ、このだった。太った女情報屋は、〈新宿一〉の名を誇っているのだった。

「どーも」

「何の何の、ぶう」

スマホを切ると、〈秋人捜しセンター《DSM》〉のオフィス――六畳間で、せつらはおびただしい選択肢《せんたくし》の中からひとつを選び出そうと眼を細めた。

塔子という名のホステスが遅れて店に出て、現場を見て逃げ出し、警察へ電話を入れた。

外谷は言及しなかったが、現場の惨状は容易に想像がついた。

警察へ連絡した後で、その場に残らなかったのは、関わり合いになりたくはなかったのではあるまい。従業員たることは、捜査ですぐにわかるからだ。怖くて咄嗟《とっさ》に逃げたという場合もあるが、そんな女でないことは、外谷からの電話で承知していた。〈新宿一〉の情報屋は、すでにホステスの身の上や性格調査も済ませていたのだった。

「警察に連れてかれて困ることもない――か。となると、逃げて得になる、そんな場所は何処だ？」

その晩、塔子の駆け込んだ場所は、〈高田馬場駅《たかだのばば》〉近くの「ビアンカ」であった。

知る人ぞ知る――というには超有名な店で、奥の個室で開かれるという媚薬パーティは有名だ。〈新宿〉では、多少の媚薬や麻薬パーティは大目に見られるが、ここは数度の手入れを受けているから、かなり壮絶な薬を使っていると評判だ。

塔子の話を聞くと、マネージャーは、持って来た瓶を見せろと言った。

「駄目よ。値段をはっきりさせて、現金も見せて」

これが塔子の目的であった。

マネージャーは苦笑を隠さなかった。こういう手合いは幾らも来る。そして、話半分どころか、万分の一の値打ちもない子供向けの薬を売りつけようと弁舌の限りを尽くす。この女はどこか違うようだが。

「悪いが、品物が見られないんじゃ、値段のつけようもない」

と言った。

「もうニュースは聞いたでしょ。私の店がどうなったか。原因はこれよ」

「ニュースは本物だが、あんたの話はなあ」

「わかった」

塔子は立ち上がった。

「もっと話のわかるところへ行くわ。お邪魔しました」

マネージャーが肩をすくめたとき、

「お待ちなさい」

入ったときは、壁としか思えなかった右奥のドアの前に、濃紫のドレスをまとった美女が立っていた。

塔子の口が、ぽかんと開いた。商売柄美男美女は整形も含めて見慣れているが、これは別格だ。

本物のダイヤをつないだネックレスも、イヤリングも必要ない。衣裳《いしょう》も、といいたいところだが、そうなったら大混乱が巻き起こるだろう。

「オーナー」

直立不動になるマネージャーへ、

「下がっていなさい」

と静かに命じて、塔子には、

「おかけなさい」

とまた椅子を勧めた。

ごくごく平凡《へいぼん》な、その口調に何を感じたか、昇った血の昂《たか》ぶりも忘れて、塔子は席に戻った。

「悪いけど、話は聞かせてもらったわ」

女は人懐《ひとなつ》っこい笑みを見せた。こういう店のオーナーとはとても思えない平凡さであった。

「私――風間《かざま》ユミ。オーナーよ。悪いけど、みんな聞かせてもらいました。凄《すご》い薬をお持ちのようね」

「――と思います」

いつの間にか正常な口調になっているのに、塔子は気づいていない。

「見せていただけるかしら?」

ユミは塔子を見つめた。その瞳の中に映る今の姿を塔子は見た。どうしてだろう、妖しく身をくねらせている。

2

熱く溶けた脳の中で、

「こちらでお話ししましょう」

もの柔らかな声が、静かに誘っている。それが脳の中で広がり、血管中を走って、塔子の身体《からだ》を熱くする。

なんていい匂い。何もかもこのせいね。

広いベッドがあるわ。頭の方のテーブルに金色の香炉が載っている。匂いの薬はあそこね。

あ、ハンドバッグが持って行かれたわ。

「任せておきなさい。ちゃんとお返しするわ」

いいえ、もう戻っては来ない。

横におなりなさい。このままでいいわ。

きれいな顔が近づいて来るわ。なんて、美しい眼。やだ、私の顔が映ってる。なんて、みっともない顔なの。

「恥ずかしい。見ないでください」

両手で顔を覆《おお》ってしまう。

その手が、そっと払いのけられた。

やだ。見ないでください。そんな眼で見つめられると——ほら、瞳の中の私が、必死に抵抗している。

駄目よ、何してるの私? いつの間にかスーツの上衣《うわぎ》もスカートも脱いじゃってるじゃない。

「いやらしいブラね」

そんなことない。そりゃあ、乳首のところを隠してあるだけだし、それもスケスケ。下は完全な紐《ひも》パンで、紐も布も肉に食い込んでいるけど、変な気で付けたんじゃないわ。

「取ってしまいなさいな」

熱い声が、耳から脳まで波みたいに上がって来た。

駄目よ、そんなこと。恥ずかしい。

なのに、もう裸。お乳も下も、みんな黒い瞳の中にさらされている。

何を見ているの。胸ね。だからって、おっぱい触っていいの？　あ、先っちょを摘《つ》まんでは駄目。あ、捻《ひね》っちゃ嫌。ねえ、その手は何処へ行くの？　下へ潜って、やだ。その舐《な》めるような手つき。産毛が雑草みたいに感じてしまう。

ああ、そこは。とうとう来たのね。ああ、下のお口の硬い芽には触れないで。ほら、身がそり返ってしまうじゃない。腰が上がる。上がってしまう。

お願い、駄目よ。それ以上、触らないで。そんな嫌らしい。私の知ってるどんな男の舌や指先より、……駄目よ、いけない。奥へ入っちゃ。分け入る前に少しでいいから、その唇に触れていって。

声が出る。芽を舌でえぐりながら、奥まで突進して、また戻って来て、また深く。また戻る。私、水量は豊富と言われたことあるわ。ね、腿《もも》のつけ根まで流れ出しているでしょ。

駄目よ、顔を近づけないで。この上キスまでされたら、私——もう。

悶《もだ》え狂った挙句《あげく》、眠りについた塔子の裸身を見下ろしながら、女——風間ユミは、優しい眼差《まなざ》しを、手にした小瓶に向けた。

「これが、『王妃マーゼンの唾』。なんて、素晴らしい名前だこと。でも、効き目は知ってるわ。騙《だま》されないことよ、王女様。こんな危険な唾は、私がみんなのものにしてあげる。そして、一生、この館で淫らで取り返しのつかない夢を見ながら暮らすのよ」

また、塔子の寝顔を見下ろし、

「ゆっくりお寝《やす》み。本当に愉《たの》しい夢は、一度しか見られないのだから」

ユミは部屋を出て、廊下を奥へと向かった。飾りランプを点《とも》した白壁の前で、ランプに触れると、白壁は右にスライドして、縦横二メートル、一・五メートルほどの穴を覗かせた。階段が続いている。

二〇段ほど降りて、とっつきの黒いドアを開けた。

光と音楽と声が押し寄せて来た。声はすべて喘《あえ》ぎであった。

広大な部屋を埋め尽くす香りは、すべて黄金の香炉から焚《た》きこぼれる媚薬のものであった。

男女が何人いるのかは、わからない。豪奢《ごうしゃ》なシャンデリアの光の下で重なり合った肉はどれも熱かった。手足や顔が肉の間から伸び、うねくり、現われては沈んでいく。そこは最早《もはや》、肉と肉とが溶け合った沼と言ってもよかった。

白い豊かな乳房を摑んだ黒い指、そそり立つ男根を吸い狂う赤い唇、黒光りする尻とつながった黄色い器官は、何処かすくんでいるようだ。

「いつまでも夢を見させてあげるわ、大事なお客さま」

艶然《えんぜん》たる投げキッスを与え、肉の部屋を出ようとしたユミの足を、激しい苦鳴が止めた。

「沼」の周囲には、世界中の料理や果実、ワインやブランデーをはじめとする酒類を、山と積んだワゴンが待機していたが、先刻から焙《あぶ》り肉に食らいついていた中年の男が、ワインとブランデーのグラスを片端から空けていた肉感的な女の首に歯を立てたのだ。

「いけない」

ユミが右手を向けた。

人差し指の麻酔線発射器《パラライザー》から放たれた麻酔波を浴びて男は垂直に崩壊した。

何処かに配備されていたガードマンたちが駆け寄り、男と女を連れ去った。沼人《ぬまびと》たちが気づいたふうはない。

「またひとり」

とユミはつぶやいた。あれは確か、〈大京町《だいきようちよう》〉にある加工会社の夫人だ。この部屋へ来る前に誓約書は取ってあるが、負傷者は必ずクレームをつけてくる。黙らせるのは、それなりの費用とやり方が必要だ。できればどちらも使いたくはなかった。このような仕事は常に崩壊の危険を秘めている。虫のひと咬《か》みから、一瞬のうちにすべてが失われる。

ユミの結論は早かった。

その場でガードのひとりを呼んだ。

黒服に口髭《くちひげ》の壮漢《そうかん》が来た。

ユミは人差し指と中指を立てて見せた。

処理ナンバー2。「脅迫」だ。

「承知いたしました」

「あと、私のベッドにいる女の記憶を消して何処かへ放り出して来て。持ち物は処分」

黒服は一礼して去った。

ユミは最初の予定に移った。

地下駐車場へ下りて、愛用のBMWのハンドルを握った。

目的地――〈山吹町《やまぶきちよう》〉まで、一〇〇キロでとばす。信号など無視だ。深夜の〈新宿〉の通りは無法地帯といっていい。乗用車、タクシー、トラックに、パワー・ショベル、暴走族のバイクまでが、生命《いのち》知らずのカー・レースを繰り返すのだ。

ユミの右眼の隅で、暴走族のバイクがスリップしたところを、背後から来た改造カーが跳ねとばし、バイクは歩道の向こうの酒屋のシャッターに激突した。

「おやおや」

ユミは何とか無事目的地に着いた。

巨大なマンションの駐車場にBMWを駐《と》め、一〇メートルほど離れた一軒家のベルを鳴らした。

「何じゃい？」

ベルが応じた。老人の声である。癇《かん》が強いといっぺんでわかる声だ。

「あたし。見てもらいたいものがあるのよ」

「こんな時間に? ひとりか?」

「そよ」

「お入り」

ドア・ロックの外れる音がした。

内側へ入ってドアを閉め、三和土《たたき》から上がった。

五〇年も前の民家を思わせる木造の一軒家。きしむ廊下を、ユミは奥の八畳間まで進んだ。

目的の人物は、とんでもない部屋の卓袱台《ちゃぶだい》で、薬の調合に励《はげ》んでいる最中であった。

坐《すわ》れとも言わない。ユミはスプリングがとび出している革のソファに腰を下ろした。毎度のことである。

八畳間を見廻し、

「しかし、よく集めたわねえ。どれひとつでもひと息吸い込んだら、死ぬまでやり狂いっ放しでしょ」

と煙草《たばこ》を取り出したら、

「目下、火はいかん」

と怒鳴られた。そのくせ、アルコールランプで、網に載せたビーカーの中身をぐつぐつ煮込んでいる。透明な液体だが、中学か高校の科学実験のような光景だ。

だが、周囲の壁も天井もすべてスチール製で四隅《よすみ》を埋める棚はすべて、色つき瓶で埋まっている。

玄関へ入ったときから聞こえていた低い音は、天井の排気孔のモーターだろう。

「前から聞こうと思っていたんだけど、天井の排気孔、まさか直接外へ続いているんじゃないでしょうね?」

「当たり前じゃ。そんなことをしたら、〈新宿〉どころか北半球全体が、色情狂どもの巣窟《そうくつ》だぞ——よし」

と言って、ビーカーを石綿《アスベスト》の上へ下ろし、

「それで?」

と訊いた。

「ちょっと危ないものが手に入ったのよ。正体を暴いて欲しいんだ」

「危ないもの?」

「媚薬らしいんだけど、嗅《か》いだ連中は、みんなで咬み殺し合いをしでかすというの」

「おお、ニュースでやっとったわい」

これを言い終わるまでに、老人の口調はただならぬ重さと影を帯びていた。

「隣におれ」

とユミが入って来た襖《ふすま》を指さす。

隣室は、平凡な六畳の和室であった。隅に積んである座布団を一枚取って待っていると、五分もしないうちに、襖を開けて老人が現われた。瓶を下げている。ユミは思わず、立ち上がった。逃げなくちゃ、と思ったのだ。

老人はあらゆる感情を失った能面のような顔で言った。

「他にあるのか、これは?」

瓶を突き出して訊いた。

「私の手元にはそれだけよ」

「捜し出せ。みんな集めて処分するんだ。今すぐに」

沈黙がユミを四方から押しつぶした。

「わかった」

とうなずいたのは、一〇秒も経ってからである。

「――で、何なの?」

老人はその名を告げて、

「これは古代の狂妃《きょうひ》が、悪魔の力を借りて作り出した破滅の媚薬だ」

と言った。

「少し――大仰《おおぎょう》じゃない?」

ユミは薄く笑ったが、そうではないことを知っていた。

「捨てろ。いや、なまじのやり方では、万が一となったとき取り返しがつかん。ここへ持って来い」

「焼くの?」

「消すのだ。ひとしずく、ひと粒残さず原子にまで分解してくれる」

「でも、その手の薬なら、〈新宿〉には幾らもあるんじゃない。どうしてこれだけが例外なのよ?」

「嗅いだものすべてが滅びへの道へ突き進むからだ。万が一、〈区長〉がひと嗅ぎでもしたら、〈新宿〉はおしまいだ。〈区外〉の総理が嗅いだら、日本はおしまいだ。外国の元首が嗅いだら、世界はおしまいだ。いや、そんな劇的な表現をする必要はない。誰が嗅いでも、その周りの人間は人間食らいの獣と化す」

「その程度の薬なら他にも」

「そうだ。だが、そんな薬が〈区外〉へ出廻ったことはない。あってもすぐ回収されるか、事件を起してもウヤムヤにされた。それは、あらゆる関係者が――作った連中、売人、使用者が――みなで広がりを防ごうとしたからだ。防疫側《ぼうえき》がいくら努力しても、蔓延《まんえん》を一〇〇パーセント食い止めるのは不可能だ。それには使う側の協力がいる。この何とも奇妙な協力関係が、少なくとも〈新宿〉では可能だったのだ。それは、みなが薬の力を知悉《ちしつ》していたからだ。だからこそ、この街の薬は外へ出廻らなかった。だが、これは違う。『王妃マーゼンの唾』はな。これを嗅いだものは、いかんと知りつつ広めたくなるのだ。そいつらは、醒《さ》めたとき、他の薬の使用者のように、薬や注射器を処分もせん。また、売人か彼らに指示された処理人が回収にやって来もせん。この薬の使用者は、必ず、その効き目を他人にも味わわせ、犠牲者を増やそうとするのだ。何かと似ていると思わんか?」

「――ゾンビ?」

「実はその前じゃ。ゾンビは人を襲っても、襲われた人間が同じ性格になり替わりはせん。あれは別。映画か伝説の影響よ。吸血鬼じゃ」

「…………」

「ま、吸血鬼は血を吸われたものが同類になるという言い伝えは、伝説の元であるザクセンやルーマニアにはなかった。そのうち、伝染病のイメージが加わったものだろう。だが、奴《やつ》らも初期のうちに手を加えれば、増加は抑《おさ》えられる。最大の理由は、犠牲者そのものが自分のみならず、他者への労《いたわ》りを抱《いだ》いているからじゃ。自分のような存在に、他人をしてはいけない。だから、彼らは訴える。自分を殺してくれ、焼いてくれ、と」

「『王妃マーゼンの唾』は違うのね」

「ああ、これを嗅いだものの脳には、まずこの効果を広めようとする欲望が生じるのだ。一刻も早く、そして、ひとりでも多く。仲間を作れ。そして、みんなも食らい合え、と」

「なら放っておけば自滅――は駄目か」

「この薬の真の恐ろしさは、必ずひとりは生き残ることにある。いわば拡散用の保菌者が絶対に残るのだ。そして、そいつは別の土地で――菌をふり撒《ま》いていく」

「でも、この薬のことが伝わっている以上、前にも同じことはあったんでしょう。だったら、世界はどうして救われたの？　あたしたちは生きてるわ」

「そこがわからん。古代国家が二つ、その薬のせいで滅びた。しかし、周辺にその効果は及ばず、伝説だけが残った。国家間の距離があっても、必ず生き残りがそれをつないだはずじゃ」

「神さまが助けてくれたのよ、きっと」

ユミは皮肉っぽい声で言った。

「神さまか」

老人はこう唇の間から滲《にじ》ませ、

「処分しろ」

と言った。

ユミは溜息《ためいき》をついて、老人に近づき、その首に白い腕を巻きつけた。何処か蛇を思わせる巻き方であった。

「何のつもりじゃ？」

と老人は怒りの表情になった。

その耳もとに熱い息がかかり、呻くような声がかけられた。

「先生――あの薬のこと、誰かに話すつもり？」

「勿論《もちろん》だ。これは〈新宿〉だけの話ではない。世界破滅につながるトラブルじゃ。いや、今アメリカで計画中の外宇宙探査ロケットにでも仕込まれてみい。ことによったら全宇宙に惨禍《さんか》が広がるのだぞ」

「それならそれで、愉しそうだわ」

「おい」

老人は女の手をほどき、近づいて来る妖艶《ようえん》な顔を躱《かわ》そうと努めた。

だが、身体は動かなかった。

「私の息――いつも混ぜてあるの、媚薬」

「……………」

「悪いけれど死んでいただくわ。宇宙はともかく、この星でならお金儲《もう》けができそうよ」

「や、やめんか」

そういう老人の声も妖しくとろけている。

「この手の薬を扱っているせいか、あたしも中毒なのよ。つまり、いつも欲情」

ユミの唇が、ねっとりと老人の唇に重なった。歯を割って蛭《ひる》のように入り込んで来た舌を、老人は音を立てて吸った。

いや、じゅるじゅると吸いつづけ、ついに咬み切ったではないか。

重ね合わせた唇の間から、血の帯がこぼれて、二人の胸や膝を濡《ぬ》らした。

獣のような唸《うな》り声を上げて、老人はユミの舌をしゃぶり、吸い、そして歯を立てた。

「素敵よ。それこそこの薬の本領」

ユミは言った。しかし、舌は切れているはずだ。唇の血を舌先が舐め取った。新しい舌が。

「これが『王妃マーゼンの唾』の副作用らしいわ。私、不死身に近いかしら」

妖しく笑って、ユミは老人のベルトに手をかけた。

剥《む》き出しになった器官は、老人とは思えぬ張りを見せてそそり立っていた。

口をつける前に、老人が前屈《かが》みし、ユミの左の乳房に吸いついた。

「あら……あ……こら、頬張っては駄目でしょう。そんなにおいしいの、私の肉体《からだ》？」

優しく見つめる眼差《まなざ》しの下で、老人は、頬張った乳房をぶつりと噛み切った。

「ああ……なら……あたしも」

ユミは老人の髪を摑んでのけぞらせ、勃起したままの男根に吸いついた。

根元まで吸い込み一気に食い切ったとき、老人は絶頂に導かれたような叫びを放った。

その深夜、〈山吹町〉の住宅街で火災が生じ、古い民家と住人が焼け死んだ。単なる火事ではなく、焼夷弾《しょういだん》が使われたと思《おぼ》しく、家も死体も灰と化していた。

3

同じ頃、〈荒木町《あらきちょう》〉のスラム街にある「超安宿」の一室に、およそ不似合いな訪問客が現われた。この宿は、宿泊費によってA個室、B個室、A大部屋、B大部屋、C大部屋と分かれ、A個室はバス・トイレ・TV付きの六畳、Bはトイレとシャワーのみの六畳、Aの大部屋はベッドのみの六人部屋、Bは柱に巻いたロープに身を入れて立ったまま眠り、Cとなると、コンクリの床に茣蓙《ござ》を借りて横たわる。但《ただ》し、八畳間に二〇人近くが詰め込まれるから、手足も伸ばせない。

関口郷平はここにいた。

疲れ果てた労働者や使い慣れている連中は、巧みに身体を曲げ、或《ある》いは薬を服《の》んで眠りについているが、彼はまんじりともできずにいた。

財布を奪われたのはともかく、あの麻薬《ヤク》を何とか取り戻さないと、それこそ八つ裂きだ。「血風会」と「火葬団」の追手も放たれているとすれば、いま寝込みを襲われてもおかしくはない。眼が冴え渡るのも当然といえた。

そこへいきなりドアが開き、

「関口郷平さんはいらっしゃいますか？」

と来た。半数は眠りっ放しで、後の半数が、身じろぎし、うるせえなと罵《ののし》ったが、

「これは、あなたの財布でしょうか？」

と訊かれた途端に、ほぼ全員が立ち上がった。

おれだ、あたしよと手の林が押し寄せる中に、郷平もいた。

先に立った連中を押しのけようとして、思い留まった。組の刺客《しかく》ではないという保証は皆無だ。

出入口は声のしたところのみ。窓は鉄格子《てつごうし》が脱走を防いでいる。

「おれだよ、関口は」

「莫迦《ばか》野郎、おれだ」

怒声が重なり、押し合う気配がやって来た。

突然、止まった。

押し寄せる連中の影が固まってしまったのに、郷平は気がついた。

――普通の人間じゃねえ

予想と恐怖が郷平の動きを封じた。

「失礼」

美しいが、間違いなく男の声が言った。

立っている男たちが、すうと横にのく。操り人形を思わせる動きであった。

声も出ない郷平の前に、世にも美しい影が立った。

「ああああ」

「秋と申します」

と影は名乗った。

それから、郷平は人々の間をすり抜けて宿の外へ出た。どいつもこいつも立ちすくんだきり動かない。

自分も同じだと思った。あいつらは動かないよう強制され、おれは動くように操られているだけだ。

秋せつらと名乗ったのは、陽光の下でさえ、朧《おぼろ》にかがやく若者であった。

数分歩き、廃墟《はいきょ》の入口に立つ「待避所」へ入った。

〈第一級安全地帯《ファースト・セフティ・ゾーン》〉といえども、妖物魔性《ようぶつましょう》は存在する。通行の途中に襲われた場合の避難場所として、〈区〉の設けた施設は大小千を超すが、これはそのひとつで最も簡便なコンクリートの塊であった。

サイズは一〇〇名収容の大型《ビッグ・ワン》から数名用の小型《リトル・ワン》まで――二人が入ったリトル・ワンは無人であった。

照明が点《とも》されるや、郷平の恐怖は跡形《あとかた》もなく消滅した。

「『血風会』から頼まれました」

秋せつらの声は、美しい靄《もや》がかかったような頭の中で、茫洋《ぼうよう》とささやいた。

死刑宣告を受けたのに、少しも恐怖はなかった。

このまま死にたいとさえ思った。なんて美しい死刑執行人だ。

「引き渡す前に、伺いたいことがありまして」

「な、何だよ?」

「組から預かった品は、どうなさいました?」

「あれは――」

舌は滑らかに動いた。魔法にでもかかったかのように。

「〈プリンス〉の前で、餓鬼《がき》に盗まれた。その前に財布も女の餓鬼にひったくられて――」

「中身をご存じですか?」

「金目のもんだろ。それしかわからねえ。あれは出来心だったんだ」

「この二人ですか?」

小テーブルに写真が置かれた。

ひと目見て、

「そうだ、こいつらだ」

せつらはうなずいた。

「見つけましたか？」

「いや」

郷平はかぶりをふった。

「少しは当たってみたが、やっぱり〈区外〉の人間にゃあ無理だった」

と肩を落として、

「あんた、おれを組の者に引き渡すんだろ？」

「はい」

「おれは多分殺される。助けてくれとは言わねえが、つき合ってくれねえか？」

「？」

「こんなことやらかしながら、おれは心底臆病者でな。無様《ぶざま》に命乞いをするだろう。だけど、待ってるのは、拷問と八つ裂きの刑だ。そんとき、あんたがそばにいてくれたら、少しは楽におっ死《ち》ねると思うんだ」

「………」

「綺麗《きれい》なもん見てりゃ、そっちに気を取られて、痛みも感じなくなる――今わかったよ。な、頼む」

「そういう趣味ないので」

「頼むよ」

せつらは戸口の方を見た。妖物魔性除《よ》けの呪文《じゅもん》経文《きょうもん》が刻まれた鉄扉《てつび》の横に開閉スイッチと外部連絡用のインターフォン、〈警察直通〉の通信機が置いてある。下の箱には三日分の食料と水、武器が収まった救命ケース。

「来ました」

「そうか――ヤケに早《はえ》えな」

郷平の顔がこわばったが、恐怖の相はない。

せつらはドアに近づいて、開閉ボタンを押した。開いた向こうに、月光を浴びて四人の男が立っていた。

「社長？」

「おお――郷平」

社長こと柳楽段三は人懐っこい声をかけて来た。

「おかしなことになったが、やっと会えたな。嬉《うれ》しいぜ」

「お……おれも、です」

「そうかい。頼んでおいた薬《ヤク》はどうした？」

「——盗まれ——ました」

「そうか、それでわかった」

柳楽は両手を打ち合わせた。

「おれに顔向けできねえってんで、ひとりで捜し廻ってたんだ。そうだろ？」

「はい」

どっちも嘘《うそ》だとわかってるやりとりを、せつらは黙って見つめていた。

「もう後のことは心配すんな。細かいことは事務所で訊く。その後で、おめえの好きな『龍宮殿《りゅうぐうでん》』のカルビ焼きといこう。ついて来な」

と後ろの連中に顎《あご》をしゃくる。専用のボディガード組員——子分の中でも腕利《き》き中の腕利きなのだろう。

二人が郷平の腕を摑んでベンツの方へ歩き出した。

「ありがとよ」

柳楽は心のこもった礼をせつらに向けた。

「いえ」

「これは少し早いが礼だ」

と分厚い封筒を押しつける。

「どうも」

とコートの内側に入れたとき、

「それでな、あいつ、品物のことをあんたに話したか？　いや、それならそれで別の口止め料を払わなきゃならんのでな」

「何も」

とせつらは答えた。

「僕のほうが詳しい」

柳楽が噴《ふ》き出した。

「面白《おもしれ》え男だな、あんた。こんなに綺麗だと、何言ってもジョークになるのかよ。何処まで知ってるんだ？」

「内緒」

にべもない返事であった。

「ひょっとして——媚薬ってことは？」

柳楽の声には、剃刀《かみそり》の刃《は》が肌の上を滑っていくような危うさが含まれていた。

「内緒」

「——ってことは、そうだってこったな」

「内緒」

「そんじゃあ——尾《つ》いて来てくれや」

「どして？」

「野暮《やぼ》なこと訊くなよ」

柳楽は笑ってみせた。現実は四〇歳前なのに、一〇〇超えとも見える笑みであった。ボケた頭で、口を衝《つ》く言葉はこうだ。殺《や》っちまえ。

「さ」

と身を翻《ひるがえ》した。車の方へ、その背中へ、

「契約違反」

と来た。

ふり向いて、何？

「契約書読んだ？」

「おお、おれが何かやったか？」

「ここへ来た理由《わけ》は？　こちらから連絡はしてないけど」

柳楽は少し黙り、

「実は——」

と言った。続けるつもりだったが、補足はせつらがした。

「契約をしたその日から、僕を尾けていた」

「——当たり。知ってたのか」

「仕事の邪魔はしないと契約書は語る」

柳楽は頭を掻《か》いた。

「ま、そうだけど——分かるだろ。こっちも億単位の商売だ。あんたのことは信用してるが、手をこまねいて連絡を待つほどの度胸はなかったんだ」

「分かるけど、掟《おきて》破り」

突然、〈区外〉のやくざの体内に、凄まじい感情が広がった。それは恐怖だった。

「ま、待ってくれ――悪かった」

抗弁する余裕はなかった。それしか救われる手はないと本能が叫んでいた。

「契約破りはねえ」

せつらは茫洋と言った。その声に秘められたもの、は、それを浴びることになる当人しか分からない。

「――それに、僕を殺そうとした」

「ち、違う。あれは――あれは」

「知りすぎた奴は――殺せ」

せつらは澱《よど》みなく続けた。

「掟破りも――殺せ」

真っ先に動いたのは、三人のガードだった。本来は、柳楽の指示がなければ動かない。だが、彼らも柳楽の味わっている恐怖を共有していたのだ。

三人とも額に、超小型のレーザー・ガンを埋め込んでいた。

せつらはどう反応するか。妖糸《ようし》もこのレーザーには触れていなかった。

はたして――

彼は微笑した。

第三章　甘美なる死沼へ

1

〈新宿区役所〉の宣伝広報課が、ガイドブック作製において、必ず採用するページに、「〈魔界都市〝七不思議〟《SEVEVN WONDERS OF "THE MAKAITOSHI SHINJUKU"》〉がある。

世界最古の〝七不思議〟は、「ギザの大ピラミッド」、「バビロンの空中庭園」、「アレキサンドリアの大灯台」、「オリンピアのゼウス像」、「エフェソスのアルテミス神殿」、「ハリカルナッソスのマウソロス霊廟《れいびょう》」、「ロードス島の巨像」の七つを指す。当時の土木技術では到底完成させられないと考えられたための〝七不思議〟だが、〈魔界都市〉の場合は、ガイドブックごとに変化する。それほど、この街は〝不可思議〟の坩堝《るつぼ》なのだ。

だが、〈魔震《デビル・クエイク》〉の半年後に開始されたこの企画において、一度たりとも不採用の憂《う》き目《め》を見たことがない――どころか、常にベスト10のラストを占め、〝行ってごらんなさい〟のコピーとともに、主人も店の写真も一切載らない「秋せんべい店」の不可思議さは、初めてガイドブックを眼にする〈観光客〉にとって最大の謎であり、そして、彼らをして、コピーに従った瞬間、せんべいを求めるゾンビのごとく訪問を繰り返す運命に陥《おちい》らせるのだった。

この場合、柳楽はガードを、殺せと叱咤《しった》すべきであった。

何もしなかった。

彼自身も見てしまったのだ、せつらの笑みを。〈観光客〉たちの〝謎〟の解答を。

殺意は喪《うしな》われた。

せつらは、郷平の乗った車に近づいた。

郷平の他に、彼を連れ込んだ二人――ひとりは運転手――もいたが、身動きひとつしなかった。

彼らはせつらの背後に立ち尽くすボスとガードたちを見つめているのだった。どれにも首がない。

ロックされているはずのドアが開いた。

「それじゃ」

と郷平に告げて、せつらは通りの方へ歩き出した。
七、八歩のところで、
「おれは――逃げる」

と郷平の声が追って来た。

「この街で生き延びてやるぜ」

せつらは黙って、やって来たタクシーに手を上げた。

郷平を引き渡した時点で、契約は満了している。違反も片がついた。彼のその後の人生は、せつらの知ったことではなかった。

彼の関心はついさっき――柳楽の首を落とす寸前に、かかって来た電話と、メールに向けられている。

二人は長い廊下に嵌《は》め込まれた白いドアの前で足を止めた。

他に人はいない。ついさっき、すれ違う際に二人をちらと見てしまった警備員が、その場に倒れてしまっただけだ。介護士とロボットが駆けつけて来たから、大過《たいか》はあるまい。

「独房？」

とひとりが訊《き》いた。関心のかの字くらいが窺《うかが》われるのは、この病院で拘束室＝独房に封じられるのは、よくよくの患者に違いないからだ。片手で〈新宿〉が破壊できるほどの。

ドアの向こうに面会室があり、奥の寝室とは鉄格子で隔《へだ》てられている。

壁際のベッドに男がひとり腰を下ろしていた。

「あれ？」

と秋せつらが尋ね、

「彼だ」

とドクター・メフィストが訂正した。

男が顔を上げた。ひと目でヤク中と知れる痩《や》せぶりと眼つきであった。

「田辺《たなべ》社長？」

「そうだ」

メフィストは隠さない。そのためにせつらへ一報したのだ。

ベッドの男は、〈新宿〉における土地開発企業のトップであった。

「見てのとおり、麻薬中毒《ジャンキー》だ。普通はしらばくれて帰宅し、何事もなく仕事に打ち込む。みな解毒剤《げどくざい》を用意しているし、店の方も、次の来店をやめられないくらいの処置は施《ほどこ》して帰すからな」

「ふむふむ」

だが、彼は自ら帰りの手をここへ廻《まわ》して、治療を求めて来た。

「怖くなったんだ」

とせつらは言った。

それは、先刻、院長室で患者の現状について聞かされた時に、意見の一致を見たところであった。

「『王妃マーゼンの唾《つば》』を一ミリグラム分嗅《か》いだ人間は殺戮《さつりく》の虜《とりこ》になる。間一髪《かんいっぱつ》だったな」

メフィストの下へ一時間ほど前に駆け込んで来た男は、知るかぎりの事情を打ち明けた。

半年ほど前から、ある女の家で開かれる媚薬《びやく》パーティに参加するようになり、世界の様々な薬を試《し》嗅《きゅう》させられた。一回一〇〇万円以上の参加費用を要求されたが、薬の影響は残らず、ほんのりとした蠱惑《こわく》が後を引くだけで、日常生活への支障は皆無《かいむ》といえた。パーティでの快楽は濃厚であって、男は出席した女性たちとひと晩に何度も関係を持った。独身も夫婦者もおり、しかし、誰もがその規《のり》を破り、好きな相手と絡《から》み合っては芳艶《ほうえん》な時間《とき》をすごし、やがて酒酔い程度のふらつきを愉《たの》しみながら帰途につくのだった。

今度は違った。

昨夜から風邪気味だった上、花粉にやられた男は、防菌マスクををかけた上、抗菌剤を服用して会場に挑《いど》んだ。

参加者の顔触《かおぶ》れは数名の新人以外はいつもどおりであった。三〇名を超えていただろう。

やがて女主催者が現われ、今夜は世にも珍しい薬が手に入りました、と言った。この言葉どおりのこともあり、そうではない場合もままあったせいで、男は期待せずにマスクを外した。

凄《すさ》まじい快感が全身を貫いた。それからのことはよく覚えていない。

たちまち、衣服が乱れとび、白い腋《わき》や乳房が、太《ふと》腿《もも》が、尻が、妖しく蠢《うごめ》く肉林の中で、男女の絡み合いが始まった。

二〇代はじめと思《おぼ》しい若い女の乳を吸い、もうひとりの秘部をいじっているうちに、忘我《ぼうが》の感覚が襲って来た。

もうひとつ——凄まじい食肉衝動が。

悲鳴に近い喘《あえ》ぎはいつものことだが、今夜は別だった。

口腔《こうこう》いっぱいに頬張《ほおば》った女の乳房に、彼は思いきり歯を立てたのである。

悲鳴が上がった。苦鳴《くめい》であった。同時にシャツの上から肩を嚙《か》まれた。何度か見かけた中年の婦人であった。肩の肉が食いちぎられる痛みに、彼は婦人を突きとばし、出入口へと走った。

ここにいると危険だ。本能がそう思わせた。幸い上衣《うわぎ》以外は身につけていた。

「退場は許さない」

女主人の制止の声よりも、内なる衝動が勝った。夢中で部屋を抜けたとき、ガードマンとアンドロイドが追って来た。

以前、アンドロイドが、今の彼と同じような状況に陥った人間の首をへし折るのを目撃していた。男は右手のレーザー・リングを照射して双方を斃《たお》し、何とか脱出に成功した。足は真っすぐ白い医師の病院へと向かった。

「風邪薬も服《の》んどくもんだね」

とせつら。

「花粉症だ。しかし、それで彼は、とりあえず餓鬼にならずに済んだ」

「とりあえず」

男は両手に持ったものに、かぶりついているようだ。咀嚼《そしやく》する音が聞こえてくる。

「ここへ来るのが精一杯だったんだな」

とせつらが、のんびりと言った。

「途中でタクシーを拾ったが、運転手にとびかかる衝動を抑《おさ》えつけるのに、死ぬ思いだったという」

とメフィスト。

ひと息ついたのか、不気味な音が熄《や》んだ。男が顔を上げた。嚙みちぎったものの一部が口からこぼれている。肉片だ。両手に握っているのは、人間の右脚だった。男のものだ。

「手術の残り?」

とせつら。

「切除しなくてはならなかった部分のひとつだ。有機義足に変えるつもりだったが、先に役に立った。


まあよかろう。解凍していないから少々固いがね」

「切られた人も本望だね」

突然、男が手にした脚を床に放った。

二人を見る眼と表情に原始の渇望が漲《みなぎ》ってくる。

暗い闇の中、人知れぬ森の洞窟で、雨が熄《や》むのを待って、もう五日になる。幸い洞窟の奥は自然の氷室になっており、凍りついた獣の肉や魚が保存してあった。前の住人のものだろう。

肉は他にもあった。今、食らいついているものだ。人の脚だとも。だが、もう何日も冷たいものばかりでは飽《あ》きが来る。ここは温かい食い物が欲しい。

おや、眼の前にいるじゃあないか。

慌《あわ》てるな。がっつくな。気づかれる。ここはゆっくりいこう。

男は数万年前の自分の餓《う》えを眼に溜《た》めてゆっくりと近づいて来た。四つん這《ば》いだった。

せつらが溜息《ためいき》をついた瞬間、男は跳びかかった。

格子の間からのばした腕は獣の鉤爪《かぎづめ》で、せつらの鼻先一センチ手前を口惜《くや》しげに掻《か》いていた。

「もう駄目？」

飢《う》えと欲望に歪《ゆが》みきった顔を、ぼんやりと眺めながら、せつらが訊いた。

「治療はできる。ただし、時間がかかりそうだ」

「今すぐ訊きたいことがある」

「この状態でも何とかなるはずだ」

「ふーん」

およそ興味のなさそうに応じてから、せつらは眼の前で空気を掻き毟《むし》る爪の主へ、

「パーティ会場は何処《どこ》？」

と訊いた。

じっと顔を見る。

一秒――二秒。男の表情が緩《ゆる》み、荒い息を整えはじめた。鉤爪は格子を摑《つか》んでいた。

「そこのドクターを見たときも驚いたが……もうひとり……いたな……秋……せつら……」

「ちわ」

とせつらは片手を上げた。

獣を人間に戻した美貌《びぼう》から、男――田辺社長は眼をそらした。頬は赤く染まっている。

「何処で媚薬を？」

「すまんが――言えん」

彼は格子を握り直した。離したら倒れてしまいそうだ。

「自分のために逃げ出した？」

せつらの視線は社長の顔から離れない。

社長は俯《うつむ》いた。

「放っておけば、みなあなたのようになる。あの薬が〈区外〉へ持ち出されたら、この国は三日とかからず、全員が餓狼《がろう》と化します」

「……………」

「それはいいとしても、最初はこの街がやられる。僕はそうしたくありません」

「……駄目だ……言えん。契約は守らねば……なら

ん」

　せつらが手を伸ばした。鉄格子の間を抜けて、社長の手を握った。正確には、社長が握ったのだ。そんな気はないのに、見えない糸にでも引かれたかのように。

　社長の全身が震えた。長い間、恋い焦《こ》がれた相手と、初めて触れ合ったかのように。

「やめてくれ……言えないんだ」

　彼は手を引こうとしたが、ぴくりともしなかった。

「いいえ」

　せつらは、小さくかぶりを振った。

　夜の闇を飛翔《ひしょう》して来た黒い魔鳥が、〈高田馬場駅〉近くのバー前に降り立ったのは、それから一〇分ほど後であった。

　羽根はコートとなって、せつらの身を包んだ。

　そこに立ったまま、数秒が過ぎた。

　彼はやや右上方へ眼をやって、

「何もないのはわかっている」

　と声をかけた。

「オーナーに伝えろ。僕の名は秋せつら。できるだけ早く会いたい」

　闇の何処かに滞空しているドローンのマイクに伝わったことはわかっていた。飛翔の途中で放った妖《よう》糸《し》が、「ビアンカ」は無人だと伝えて来たのと同じように。


　家に戻ってすぐ、ドクター・メフィストから連絡が入った。

　田辺社長は、せつらに「ビアンカ」の名と住所を伝えてすぐ、舌を嚙んで自死を試みた。最もヤバいところでやらかした典型として、五分とかけずに完治したが、それきり天井を見上げたままひとことも しゃべらないという。

「殺し屋でも来たら、よろしく」

こう伝えて、せつらは眠りについた。

朝から雨だった。

世界は灰色に煙《けぶ》っている。

「静かでGOO」

とつぶやいて、せんべい店の方へ向かった。バイトの娘でせんべいの入ったガラス・ケースを拭いている。客はスーツ姿の女性ひとりきりだ。

濃いサングラスをかけたアルバイトがせつらをふり返って、

「お早うございます」

と挨拶《あいさつ》した。

「どーも」

「もう、ひと組来て帰りましたよ」

と娘は、からかうように言った。

「みんな、ご主人が目当てなのにって、怒ってましたけど」

「はあ」

「じゃあ、私の独占かしら」

女社長の声は、娘をふり向かせた。こちらもサングラスをかけているが、娘とは比較にならない高級ブランド品だ。その下の顔も――せつらがいなければ、男なら誰でも食事がしたいと言ってくるに違いない。

「はじめまして。入口を間違えたようね」

と女は艶然とせつらを見つめた。

「あたし、風間ユミ――『ビアンカ』のオーナーよ」

2

「どうも」

とせつらは小首《こくび》を傾《かし》げた。慌《あわ》てたふうはない。

女――ユミは薄く笑った。

「オフィスで話そ」

せつらの申し出に、ゆっくりとかぶりをふって、

「少し歩きません?」

と申し出た。

二人が歩道を進むと、すれ違う人々は、みな足を止めた。ふり向こうとはしない。二人が美しすぎた。もう一度見るという行為に脳が及ばないのである。その場にへたり込む者もいた。

ユミは笑みを濃くして、

「おちおち歩けないわね」

と言った。せつらを揶揄《やゆ》したのである。

返事は、はあであった。

「ビクともしないわね。慣れてるの?」

「はあ」

「昔、この辺にもよく来たわ。私の家は〈西新宿〉にあったの。税務署の近くよ。〈魔震《デビル・クエイク》〉の前は、税務署の中庭でよく鬼ごっこをしたわ」

「あれれ」

せつらが不意にこう言った。記憶があるらしい。

茫洋《ぼうよう》たる声はそのままだが。

「憶《おも》い出した?」

ユミは、せつらを見ずに済むぎりぎりまで、顔を向けて言った。

「いつの間にか、男の子がひとり、仲間に加わるようになったわ。でも、鬼ごっこは中止。その子が鬼になると、みんなタッチされたくて、わざと声を上げたり、音を立てたりするようになったから」

「はは」

「しかも、タッチされた子は、例外なく失神してその場に倒れてしまった。覚えてる?」

「はあ」

「おまけに、家へ帰っても、二、三日ぼうっとして、食事も摂《と》らないものだから、心配した親がいつも私の家へ、原因を訊きに押しかけて来た。両親は、ほんと往生《おうじょう》してたわよ」

「ははは」

「おたくにも行ったと思うけど」

「はあ」

「やっぱり来たのね。でも、友だちに聞いたら、みんな、子供と同じぼんやりした顔で戻って来たって。あなたの家で何があったのかは、とうとう話さなかったらしいわ。ねえ、誰が応対したの？」

「はあ」

「長年の謎よ、教えて」

「父と母」

「何か、天使の足が地に着いたわね。あなた、家族がいたの？」

「多分」

「多分？」

「向こうがそう名乗っただけだから」

ユミは唇に拳《こぶし》を当てて笑った。それは少し続いた。

「そう。どちらも美しかったでしょうね」

「はは」

「私の扱っている薬――知ってるわよね？」

「はあ」

「正直、人の形をした媚薬があるとは思わなかった。品物を仕入れる費用はかからないし、後遺症もゼロ。これって理想形でしょ」

「……………」

「あなたのことを思い出すこともあったのよ。でも、そのたびに他の女の子同様、夢見の日が何日も続く。変な話よ。顔は思い出せないの。ただ、美しかった綺麗《きれい》だったというイメージが、いつまでも胸に残ってて何も手につかなくなる。だから、もう思い出すまいとして頑張った。何とかなるまで一〇年以上かかったわ。でも――本当に素敵な夢、素晴らしい時間だった」

「はは」

元凶は曖昧《あいまい》に笑うばかりだ。

左方に公園が見えてきた。

入ってすぐのベンチに並んで腰を下ろし、ユミは、滑り台に集まる娘たちを見つめた。

「あの薬は？」

ようやくせつらが本題に入った。

「あるわよ」

「渡して」

「駄目よ。あれはとても役に立つの」

「新宿と〈区外〉全部がやられるよ」

「みんなでバラバラごっこをやるのね。面白いじゃない？」

「僕らも入ってる」

「それもいいと思わない？」

ユミは微笑した。これまでとは違う、心のこもった笑みであった。ただし――少し暗い。

「こんな街、何もかも食い尽くされてしまえばいいのよ――化物も、妖怪も、悪霊も、死霊も、やくざも警察も、善良な市民もね」

「テロリスト志望」

言われて、ユミは苦笑した。

「ごめんなさい。時々おかしくなるの」

「みんな」

とせつらは言った。しかし、この若者だけは別のように見える。何があっても、美しいのひとことで片づけてしまう。

不意にユミは立ち上がった。

左奥の方に集まった子供たちが、鬼ごっこを始めたのだ。

ジャンケンして鬼を決め、他の子供たちは木立ちや遊具の間に身を隠す。

「もういいかい？」

「もういいよ」

のやりとりも昔どおりのルールだ。

やがて、鬼は全員を発見し、また一カ所に集まった。

素早く近づいて、ユミは、

「仲間に入れてくれない？」

と訊いた。

最初は訝《いぶか》しげな視線を当てていた子供たちも、

すぐに、いいよと返した。

「もうひとり——お願い」

手を合わせ、OKされると、せつらを手招きした。

サングラスをかけて、せつらは仲間に加わった。一応、気は遣っているらしい。

「それじゃあ、ジャンケン」

とユミがリードして、せつらに小声で、

「負けなさいよ」

と念押しした。

少し遅れて出し、何回か繰り返して、せつらは鬼になった。

「はい、眼を閉じて——一〇数えてから、もういいかい、よ」

「はあ」

そのとおり、せつらは行なった。

「一〇《とお》——もういいかい?」

返事はない。

せつらは周囲を見廻しながら、前方の木立ちの間に入った。

ややどんより気味の空に、他の子供たちの声が噴《ふ》き上がっていく。

木立ちの間から、頭上の枝から、よく分からない銅像の間から、黒い筒が現われた。消音器《サプレッサー》だ。すべての銃口から直線を引けば、中心はせつらになる。

微《かす》かな発射音が重なった。

苦鳴《くめい》が上がった。衝撃と痛みが肺から吐き出させた酸素の音だ。

せつらの頭上から落ちて来た身体《からだ》が二つ、地面で音を立てると同時に、次々と人影が現われ、その場で崩れ果てた。

みな、鬼ごっこの子供たちである。

せつらはいちばん近くの死体に近づいて、無惨な幼児の顔をひと撫《な》でした。「もどきマスク」の剝《は》がれた顔は、醜悪《しゅうあく》な男のものであった。もともと小柄な殺し屋を集め、簡単な変身術で年齢を偽《いつわ》ったものだろう。

「手が……」

お下げ髪の少女が、男の声で呻《うめ》いた。

「手が勝手に……仲間を……」

不可視の糸が、四肢の動きを操ったなどと考えもできずに、少女もどきは死んだ。

スマホが鳴った。

出ると、

「楽しかったわ。昔はね」

ユミである。

「でも——どうして正体がわかったの？　声も動きも幼児と変わらないはずよ」

「隠しておいた拳銃の安全装置を外す幼児——何処が変わらない？」

「でも、どうやって、それが？」

「はて」

「噂《うわさ》だけど、あなた何か糸みたいなものを使うんですって？」

「…………」

「それを見越して、服の上から特別な油をふり撒《ま》いておいたのよ。どんな糸も縄も滑ってしまうと、作り手は言ってたわ。効果はあったようね」

「また会おう。すぐに」

「そうね。また昔話でもしましょ」

せつらにも、ユミが糸の届かない場所にいるとわかっていた。

「あと何回かパーティを開いて、効き目を確かめてから、薬は〈区外〉へ出すわ。政府のお偉いさんにも、海の向こうの大統領さんたちにも、そうね、ひと月とかからず愛用される。そうしたら、世界はともあたし好みの結論を出すでしょう」

「えーと、話し合おう」

ユミは大笑いを放った。

「話し合いはもう終わりよ。昔のあたしたちも。さよなら、会えて嬉しかった」

「はあ」

せつらは林を出た。

子供たちは、変わらずはしゃぎ廻っている。

「むかしむかしの物語」

せつらはつぶやいて、スマホを取り出した。林の中の死体を子供たちに見せてはならない。それくらいの分別はこの美しい魔人にもあるらしかった。


「その顔じゃ、しくじったな」

苦笑を浮かべてはいるが、悪気はない声であった。単なる正直な指摘だ。

「仰《おお》せのとおりよ」

女――風間ユミはハンドバッグを黒檀《こくたん》の丸テーブルへ放り投げると、ベッドの上に大の字に身を投げ出した。豪華なクイーンズ・サイズはビクともしなかった。

ベッドに似合った豪奢《ごうしゃ》な部屋だが、ホテルではなさそうだ。

「やっぱり、一筋縄《ひとすじなわ》でいく相手じゃなかったわ。秋せつら――」

「秋せつら?」

白いスーツの男は眼を丸くした。

「あんた……あいつを相手に……してるのか?」

「そ」

ユミは天井を見上げたまま、

「ベイビー刺客団は、みんな殺《や》られちゃった。彼――子供姿にも騙《だま》されなかったわ。容赦《ようしゃ》なく、バッサリよ」

「そいつぁ凄《すご》い。いくら〈新宿区民〉でも、程度ってものがあらあな」

「おまえでも、そう思う?」

「そらそうさ。〈魔界都市〉だって限度はわきまえているはずだぜ――といっても、蟷螂《とうろう》の斧《おの》だが」

男は虚《むな》しげに言い放って、かけていたソファから立ち上がり、ベッドに近寄ると、女の上にのしかかった。

「やめて」

女は横を向いたが、男は引き戻して、唇を重ねた。

女は自分から舌を入れた。

しばらく、濡《ぬ》れた肉同士が絡み合い、吸い合い、それに荒い息遣いが重なった。

やがて男が顔を引き、喘ぐ女へ、

「あの薬手に入れて、どうするつもりなんだい？」

と訊いた。

「儲《もう》け話よ」

「誰に売りつけるんだ？」

「梶原《かじわら》よ」

「あのへっぽこ〈区長〉か？　買うわけねえだろう。あの吝嗇《りんしょく》の塊《かたまり》が。言いがかりをつけられて没収されるのが関の山だぜ」

「それならそれで」

ユミの口元に浮かべた微笑に、男は声を失った。インテリふうだが、気性《きしょう》は狂犬と評判の顔が固まった――恐怖に。


「面白いじゃない――って冗談よ。でも、あの〈区長〉なら、薬の力はすぐにわかるはずよ。ドクター・メフィストにでも訊けばね。〈区役所〉の予算一〇年分と言ってもOKするでしょう」

「それだけかい？」

と男は女の顔を真上から眺めながら訊いた。

「どうして？」

「今、やなものを見ちまったんでな。あれは金で片のつくもんじゃねえ」

生真面目な表情を歪める男へ、ユミは笑いかけた。

「おまえは何の怨みもないのね、この街に？」

男はユミの左乳を舐《な》めはじめた。

「腐るほどあるさ。親父《おやじ》とお袋の死に様は忘れちゃいねえよ。けどな、今じゃこの街のお蔭《かげ》で食ってる身だ。昔のことはみんな忘れちまったよ」

「正直ね。私にそれを言えるなんて、この裏切り者。誓いを忘れたの？」

「覚えちゃいるさ。けど、それだけだ。この街の持つ闇の中に、ちょこんとでも顔を突っ込んでみれば、怒りだの憎しみだのが無益だってすぐわかる。それよりは、底なしの闇ん中で手に取れる現実の恩恵を満喫するほうが賢いってもんだ。おれはすぐそっちを選んだのさ」

「親が泣くわよ――あ」

　ユミはのけぞった。男の歯が乳首を嚙み、片手が熱い奥へと指を進めたのだ。

「ほら、あんただって人間《ひと》じゃねえか。人間がどうやったって、この街に一矢報《いっしむく》いるなんてできゃあしねえんだ。この街が与えてくれるものをありがたくちょうだいしときゃあいいのさ。絶対に損はしねえ」

「そうかもね」

　ユミはまた笑った。男の舌の動きが止まった。何を見たものか。

「明日の昼、〈区役所〉へ行くわ。おまえは不要よ」

「ああ、そうしてくれ。成功を祈るぜ」

　男は女の顔を見下ろした。

「いつ見てもいい女だぜ」

「あんたは醜男《ぶおとこ》丸出し。合うわけがないわ」

　女の声はここで止まった。男が唇を重ねたのだ。

　後は長い喘ぎが室内を支配した。

　恐るべき男女の明日のために、じきに夜は明けようとしていた。

3

　メフィストからの電話は午後二時を少し廻ったところで、かかってきた。

「すぐ、〈区役所〉へ来たまえ」

　それで切れた。

　駆けつけると、〈救命車〉が四方の駐車場に列を作り、〈救命士〉たちが庁舎を見上げている。ざわつく雰囲気から、庁舎内の連中が、退去させられた後だとわかった。

メフィストは、〈区長室〉だという。

入ろうとする〈区民〉たちはストップさせられていたが、せつらは通された。

「これを」

ひとりがガスマスクを渡してくれた。酸素マスクと瓜二《うりふた》つのそれをかけて、〈区長室〉へ上がった。廊下にもエレベーターにも人影はなかった。〈区長室〉の前までいくと、マスクがかすかな警報音を発した。

「あれか」

つぶやいて、〈区長室〉のドアをノックした。ドアを開けたのは、メフィストであった。待合室のブースは無人だ。

梶原〈区長〉はドアの向こうで、来客用のソファに仰向《あおむ》けになっている。秘書はテーブルをはさんで向かいのソファに眠っていた。せつらには廊下から放った妖糸で丸わかりの光景であった。


「まだ鳴っている」

と言ってるうちに、大人しくなった。

「あれ？」

とメフィストに訊いた。勘だが間違ってはいまい。

白い美貌がうなずいた。

「下の受付係に訊いたら、女がひとり面会を申し込んで来た。かなりの美人だったという。君の話していた風間某の顔をつけていた。当然、梶原氏は受けた。出入口の身体チェックも問題はなかった」

せつらは茫洋と立っている。聞いているのかどうか。

女は二〇分ほどで戻って来た。受付係は念のため、〈区長室〉へ連絡を入れたが応答はなく、警備用AIにつないだ。アンドロイド・ガードが出動し、〈区長室〉へ入ったとき、〈区長〉と秘書は、〈区長室〉の床の上で、情事の最中であったという。

そのとき、秘書が〈区長〉の喉に嚙みつき、ガードが引き剝《は》がしたものの、〈区長〉の頸部《けいぶ》は動脈まで食いちぎられ、鮮血が噴出した。ガードはすぐ保安係へ警報を送ると同時に、止血にかかり、なんとか成功したところへ、AIからの連絡を受けたメフィストが駆けつけたという。その間六分——幾《いく》ら何でも早すぎるのは、〈区庁舎〉の隣のビルに、妖物に憑《つ》かれた男がいて、それを片づけたすぐ後だったからだ。

「〈区長〉——どう?」

「かなり強烈な媚薬を嗅がされている。解毒処置は取ったから、じきに正気に戻るだろう」

「血も傷もないけど」

「処置をした」

「さすが〈魔界医師〉」

とうなずくと、

「お体裁《ていさい》はよしたまえ」

冷たく返って来たが、せつら以外の人間なら、一も二もなく仰天するだろう。

ここで梶原が目を醒《さ》ました。ぼんやりと前を見つめているのもすぐで、はっと左の首すじに手を当ててから、四方を見廻し、眠っている秘書に気がついた。

「こ、この食肉鬼《グール》め。牢屋《ろうや》へぶち込んでくれる」

と喚《わめ》く先に、メフィストが入り、

「おや、ドクター」

という〈区長〉へ、

「薬を嗅がされた。彼女の被害者だ」

と言った。

そこへ秘書も起き上がり、少し間をおいてから梶原に気がつき、

「あ。ケダモノ」

と指さして叫んだ。

「ぶ、無礼者め。貴様はわしの喉笛に嚙みついて嚙みちぎった。殺人だ。〈新宿署〉の地下房へ送ってやる」

「最初に襲いかかって来たのは、あなたです。監視

カメラを見れば一発でわかるわ。刑務所《ムショ》送りはそっちのほうよ」

「ムショ」

とせつらはつぶやいた。

「事情を話していただこう」

とメフィストが声をかけた。これでようやく気がつき、

「おや、ドクター。おや、秋君」

と少しアタフタして見せた。秘書のほうは、声もない。また桃源郷《とうげんきょう》をさまよい始めている。

「いや、その——監視カメラを見てくれたまえ」

「カメラの情報は、いつ他人の眼につかないとも限らない。あなたのスキャンダルを追い落としに使おうという〈区議〉は数多いと聞くが」

「多いどころか、わし以外全員だ」

と梶原はつぶれたような声を出した。

「現実がよくおわかりだ」

メフィストはうなずき、

「その薬は女の客が置いていったものですな?」

梶原はうなずいた。

「客の用件は?」

「それは——」

口ごもったが、静かに自分を見つめるメフィストの視線に会うと、思いきり眼を閉じて、

「あの女が持って来た薬を買い取れというのだ」

「『王妃マーゼンの唾』を?」

「そう、そんな名前だった。どんな人間でもひと嗅ぎで快楽の虜《とりこ》になってしまうというふれ込みだった。そんなもの、この街には掃いて捨てるほどあると言ってやったら、それらとどう違うか、試してごらんなさい。気に入ったら——」

「連絡を?」

「いや。実は断わったのだ。そんな危険な薬を〈区〉が買い入れるわけにはいかん、と言ってな」

「ほお」

これは、せつらも加わった驚きの声である。どう

考えても、現〈区長〉の口から出て来るはずのない、夢のような言葉であった。

「そしたら、あの女——一度試してから、と、小さな瓶《びん》を取り出して机に置き、『お試しはひとりのほうがよろしいわ』と言って出て行ってしまったのだ。連絡は後でする、とな」

「その瓶は？」

「それだ」

とデスクの上を指さした。

「お預かりしてよろしいか？」

「勿論《もちろん》だ。二度と嗅がんぞ、こんな魔薬」

「彼女は？」

二人はせつらの方を向いた。

彼は女秘書を見ていた。

顔におびただしい青すじが浮き上がり、眼は血走っていた。血管という血管が膨張しているのだ。

両手の爪は鉤爪《かぎづめ》と化していた。

涎《よだれ》のしたたる口が、人間以外の叫びを放つや、人間の身体では決してあり得ぬ動きを見せて躍りかかった。

梶原の方へ。

この場合、せつらの妖糸がそれを止める。だが、梶原のほうが早かった。

秘書の頭上に跳躍した動きは、これも人間のものではなかった。二つの身体がもつれ合い、女が悲鳴を上げた。梶原の歯が乳房に食らいついていたのである。

しかし、その動きは空中で固定し、絡み合った身体は音もなく床に落ちた——正確には下りた。

「まだ抜けてなかった」

せつらの言葉に、メフィストはうなずいた。媚薬のことである。

「藪《やぶ》」

「入院させるしかないな。君の質問は我が病院でするがいい」

「はーい」

メフィストが〈救命車〉の係員を呼び、二人はカバーに包まれて病院の外へ出た。

せつらは、メフィストの誘いを断わって、自前でタクシーを使った。白い医師と白いリムジンに乗ったりしたら、何が起きるかわかったものではない。


日が落ちる前に、メフィストは媚薬の処方を摑んでいた。

「九九・九九九の無限パーセントまでは、従来の媚薬と同じアンドロゲンやエストロゲン、カンタリス、地黄《アカヤジオウ》、ＰＥＡ《フェニルエチルアミン》その他だが、残る無限大の一パーセントに、私も分析不可能な成分が含まれている。怪物化の原因はこれだ。したがって、現在のところ『王妃マーゼンの唾』を無効化する薬はない」

「無色無臭？」

「媚薬としては例外だが、そうだ」

「嗅いでも飲んでもアウト？」

「そうだ。大きなパーティは禁止すべきだろう」

「その前に解毒薬を作れ」

「努力しよう」

「〈区長〉と秘書さんは、いつ普通に戻る？」

「すでに正常だ。しかし、それがいつまで続くかは、謎の成分が判明するまでは断言できん」

「何とかしろ」

と言って、せつらは〈メフィスト病院〉を後にした。

午後四時を回ったところだ。空はすでに蒼《あお》い。バスに乗って、〈山吹町〉で降りた。

かつては中小企業の工場が密集し、深夜の単独通行は危険視された街であるが、現在は廃工場をやくざ、暴力団が買い取って、武器や乗り物の製造、改造に利用している。

例《たと》えば、改造バイクのテスト走行を半グレに任せ、一般通行人の死傷者が続出、警官隊が出動するや、いい機会だとばかり、新型の武器や弾薬を総動

員するから、取り締まりは市街戦の様相を帯びる。工場街のあちこちが、滅びではなく破壊の爪跡を残しているのはそのためだ。

　通常これだけの戦いが繰り広げられれば、〈警察〉が一帯を封鎖し、工場は閉鎖される。ところが、ここだけは、立ち入り禁止《キープ・アウト》テープも張られず、工場は今なお稼働中ときた。

　やくざと〈警察〉と〈区〉との間に、どんな色の糸が張られていたのかは不明だが、同じ色だったのは間違いない。

　せつらは三棟並んだ工場の右端に進んだ。

　鉄扉《てっぴ》の前に、いかにもといった風体《ふうてい》の男が二人立っていた。どちらも肩から旧式のＡＫ47を下げていたが、すぐにせつらに狙いをつけた。

「何の用じゃい？」

と凄みを効かせる。

「三宮正《さんぐうただし》——奥だね」

「誰だ、てめえは？」

と右方の男が訊いた。引金にかけた指はぎりぎりで止まっている。

　不意に右手が肘から落ちた。

　赤い煙のように鮮血が奔騰《ほんとう》した。

　もうひとりがせつらに銃口を向けるまで、少し間があったが、同じく片手を失うには、一秒ほどかかった。

　痛《いて》えよ、痛えよと喚く男たちの唇へ妖糸を触れ、

「約束どおり三伊住友《さんいすみとも》の普通口座九〇——×××へ、二人分」

　せつらはこう伝えた。声ではない。妖糸の震えだ。それが、やくざには脳の中に声となって再生されるのだ。

「わかった——早く……行け」

　とやくざは返した。こちらも声になっていない。

　せつらは鉄扉を抜けた。数日前に呑《の》み屋で買収したやくざたちは、血止めと痛み止めを常に携帯している。塗るくらいはできるだろう。

入るとすぐ、工場だった。別棟から送られてくる部品を、工作機械が手際《てぎわ》よく組み立てていく。

薄青の作業服を着ているのは、チェック要員だろう。他にＳＭＧ《サブマシンガン》を抱えた男たちもいるが、合わせて五人と数は少ない。

みながせつらに気づくや、その場に硬直した。

「どーも」

と挨拶して、せつらは工場横の小型リフトで二階へ上がった。

喘ぎの混じったすすり泣きが耳に入った。すすり泣きの混じる喘ぎなら、お愉しみの時間で済むが、逆ではそうもいくまい。

声の流出地点——左奥のドアへとせつらは近づいた。

天井のカメラと、連動した警報装置及びレーザー・ガンは、コントロール装置を切断してある。

「お邪魔」

ドアの向こうは、幹部のリビングらしかった。テーブルを囲んでソファが二つ並び、酒瓶とグラスの入ったキャビネットがついている。

向かって右のソファに一二、三歳の娘が横たわり、男が三人——その剝《む》き出しの下肢《かし》に群がっている。

「やめて……お願い」

娘の哀願に、最も体格のいい茶髪の男が、

「ノン。オ楽シミハ、コレカラネ」

と言った。外国人である。眼は娘の白い腿のつけ根に、他の二人ともども注がれている。

「ドーレ」

外国人が右手の指を二本まとめて、そこへ近づけた。

「嫌あ」

絶叫が三人にどす黒い笑顔を作らせ、突然、凍りつかせた。骨の髄《ずい》から生じる痛みが、麻痺《まひ》させたせいだと、娘にはわからない。

涙まみれの顔が異常に気づき、三つの顔を見てから、離れたところにあるもうひとつの顔に気がついた。

悲惨な表情が、みるみる恍惚《こうこつ》に洗われた。

その胸元へ、床に散らばった着衣が置かれた。それはいいが、床から宙を飛んで来たから、娘は呆然《ぼうぜん》と――なりはしなかった。

「着なさい」

と言われるまで、茫《ぼう》とせつらの顔を見つめている。悪霊に憑かれるのは日常の街だが、娘に憑いたのは、美なるものであった。身づくろいも忘れていたが、ようやく手足を動かして、下着から身につけていく。それも羞恥《しゅうち》のふうはない。言われたから従った――操り人形に等しい。

「そこに」

せつらは反対側のソファへ顎《あご》をしゃくった。

娘は従い、不意に首を垂れた。妖糸が急眠のツボを突いたのだ。

同時に、指を侵入させる姿勢を取ったままの男が、ゆっくりとこちらを向いた。他の二人はそのままだ。

「ハロー、ミスター・ダドリー・バーデン」

とせつらは声をかけた。

第四章　さあ、輪になって

1

虚《うつ》ろな表情に、突然、意識が甦《よみがえ》った。せつらが妖糸をゆるめたのだ。

「オマエ――何者ダ？」

男――バーデンは虚《うつ》ろな声を上げた。痛みの次は、美の魔法が待っていた。それでも、仲間たちの肩をゆするくらいの意志は残っていた。ただし――無効。

「〈区外〉の畑山《はたやま》及び相葉《あいば》夫妻からの依頼だ」

とせつらは答えを与えた。

「おまえは彼らの娘二人をレイプし、この街へ逃げ込んだ。そこの二人と一緒にね。そして、もとの職業――銃器設計のテクを生かして、やくざと提携し、この工場を任された。今までね」

「探偵カ？　ナラ、オレノ父ノ事ハ知ッテイルダロウ。探偵ノ一人ヤ二人、タヤスクヒネリツブシテクレル」

「四一にもなってパパママ助けて？」

せつらは静かに言った。

「一応、僕と依頼主との契約書には、特別項目が設定されている。

〝第一条件：逃亡者が逆らった場合は、処分して差《さ》し支《つか》えないものとする〟

意味、わかるよね？」

静かな声だ。天与《てんよ》の美貌《びぼう》だ。だが、これはある宣告に等しい。

「ソンナ事ヲシテ、イイノカ？　探偵ガ人ヲ殺スンテ――イイノカ？」

呻《うめ》くような声が、突然、沈黙した。せつらは無言であった。その美貌は何も変わっていない。その姿。だが、変わった――中身が。

「探偵など知らん。今、おまえの前に立つ男のことも。私に会ってしまったな」

短く鋭い呼吸音が、バーデンの肺から洩《も》れた。

「娘をレイプされ、絞め殺された親にそう訊《き》くがいい。人を殺していいのか、と」

太い首に、一線赤いすじが走った。

ごろりと頭部が床へ落ちたとき、娘が眉を寄せた。首は三つあった。

せつらは男たちの髪の毛をひと摑《つか》みずつ毟《むし》り取ってハンカチに収めた。依頼人はこれをしかるべき機関に持ち込んでＤＮＡ鑑定にかけ、依頼完遂《かんすい》の真偽を確認するのである。切り取らないのは、三人の犯行に、この若者なりの考えがあるのだろう。

まだぼんやりしている娘に、

「どうする？」

と訊いた。

「わからない。まだ夢を見ているみたいで……」

「僕は出る。好きにしたまえ」

せつらが工場を出たとき、娘も追いかけて来た。

「あの……秋せつら——さん？」

「そ」


「ひと目でわかった。あの、浩吉から話は聞いてるよ。この世にいるはずもないハンサムさんだって。まさかそんな人に助けてもらえるなんて思わなかった。あ、あたし、浩吉の姉貴。ヒバリ」

小学校高学年とは思えないくらい、立て板に水とまくしたてる間にも、眼は横を向いたままだ。

「ね、お茶と夕飯ご馳走《ちそう》して。お礼に面白いこと教えてあげる」

「面白い？」

「そ。あんたが首を落とした外人さ、ヘンな薬やってたんだよ。あたし、ひとりに嚙《か》みつかれて、肉取られちゃったんだ。ほら」

「薬？」

情事の際、相手の肉を食いちぎる獣化行為は、〈新宿〉ではありふれたものだ。薬を使うのもその一部だ。そんな常識の中で、せつらを捉えたものがあったらしい。

「君の弟は似たような現場を見た。あの三人は、その薬を何処《どこ》で手に入れた？」

「知ってるよ。だからさあ、お茶とディナあああ」

キツい顔が、溶けっぱなしだ。

少し後、せつらはバス停近くのファミレスで、ヒバリの話を聞いた。

昨夜、顔見知りの人集め屋から声をかけられ、〈歌舞伎町〉のビルの地下へ行った。外国人相手のヌード・パーティで、全裸までOKなら、法外なギャラが出るという。

三〇畳ほどの会場には、一〇人近い外国人と、二〇人越えの女の子たちが蠢《うごめ》いていた。

高級なワインやブランデーを飲《や》っているうちに、男たちの興味はヒバリに集まってきた。――危《やば》いと思ったが、途中退場は不可能だ。抱きつかれ、唇を奪われた。

「おかしなところへ指入れて来たからさ、隠してた剃刀《かみそり》の刃で頬《ほ》っぺた裂いてやったんだ。そしたら――」

大騒ぎになったが、別の外国人が気に入ったとそこから連れ出した。酒も料理も美味《うま》かったから、もっと居たかったが、その時、人食いが始まった。

「あっちこっちでおっぱい齧《かじ》られた女や、あそこ食いちぎられた男がいっぱい出て来たんだ。太い糸みたいな血がぴゅーっと噴《ふ》き上がって、悲鳴が上がった。でも、あん時の声みたいなウッフン、アッフンのほうが多かったよ」

外国人は彼女を自分のアジトへ連れて行き、ああいう事態に陥《おちい》ったところへ、せつらがやって来たのだった。

「あたし、少し怒ってるんだ」

ヒバリはそっぽを向いたまま、唇を突き出して見せた。

「何を？」

「あいつら結構、指の使い方が上手《うま》かったしさ、前払いしてくれたギャラも多かったから、もう少し愉《たの》しみたかったのにさ」

せつらに邪魔をされたという意味だろう。

「それは失礼」

と言うと、あわてて、

「ううん。いいんだよ。もう頃合いだとは思ってたしさ、正直に言うと、どうやって逃げ出すか考えてたんだ。いっそ、口に突っ込んで来たら、嚙み切ってやって、騒いでる間に逃げ出そうと決心してた」

「それはそれは」

と言ってから、せつらはそのパーティの場所を尋《たず》ねた。

「案内してあげる」

「ここにいたまえ」

そのパーティがまだ続いているとしたら、それこそ餓狼《がろう》の巣に再度投げ込むことになりかねない。

それでも、やだよ、ついてくと喚《わめ》くので、

「どうしてだ？」

この若者には珍しい質問であった。質問自体が本来あり得ないのである。

ヒバリは少しべそをかいたような顔になり、こう言った。

「だって、お兄さん、綺麗《きれい》だもんさ」

「そうか。好きにしたまえ」

あっさりとOKしたのは驚きであった。せつらにしてみれば、もう用済みの娘である。引き止めたのが、例外的行為なのだ。

その身体《からだ》は垂直に舞い上がった。

あっ⁉　と洩らしたヒバリの声は追いつくはずもなく、黒づくめの姿は、虚空《こくう》の一点となって、闇に溶けていた。

「チッキショー」

とアスファルトを蹴とばしたとき、ヒバリは右のポケットに何か入っているのに気がついた。

「え？」

丸めた一万円札だ。自分のものではない。はっと上空を見上げた。

「お兄さん——だよね？」

今までとは別人のような、年相応の少女の声が闇に流れた。答えは無論ない。

いつの間にか、前の光景が歪《ゆが》んで見えた。〈魔界都市〉にも夜は来る。悲しくて泣くのではない夜が。

ヒバリは片手で両眼をこすり、

「チキショー」

と鼻をすすった。

「これで、お茶と晩飯を食ってやる。ありがたく思えよ」

ビルとビルの隙間《すきま》を縫って、せつらは〈歌舞伎町〉に着地した。

「おや？」

と眼を丸くしたのは、パトロール中の警官であった。四名いる。〈区外〉では通常二名だが、〈新宿〉は倍だ。四名いる。それでも危険度は百倍を切らない。真ん前のひとりが、

「いきなり天使が降って来たと思ったら。一応、職質させてもらおう。姓名はよろしい。何処から来たね？」

「あっち」

せつらは頭上を指さした。

「ふむ。何処へ行く」

「そっち」

と前方へ顎《あご》をしゃくる。

警官たちは顔を見合わせた。こんな場所へこの天使が舞い下りて来たら、血で血を洗う惨劇が待っているのは火を見るより明らかだ。

「同行させてもらおう」

「いいけど——邪魔はなし」

空から下りて来たばかりとは思えない。のんびりした口調だが、警官全員の表情が変わった。黒い怯《おび》えが噴煙のごとく広がったのである。

「約束はできん」

警官は当然のことを口にした。

「あい」

せつらは片手を上げた。仰《おつしや》るとおり、の意味だが、今回は人を食っているというより、不気味だ。

「警察の使命とは？」

問いかけではない。独《ひと》り言《ごと》とも違う。なら？

――わからない。

「〈区民〉の生命を護り、それを脅《おびや》かす輩《やから》を処断することにある。どんな危険が身に迫ってもだ」

「わかってるよ」

警官たちは笑おうとしたが、顔はこわばったままであった。

「なら、オッケ」

せつらはうなずき、警官たちは、前方にそびえる店の玄関へ向かった。「ビアンカ」である。

鍵がかかっていたが、ひとりでに開いて、せつらと警官たちを迎え入れた。

「うわ」

と背後の警官が鼻と口を押さえた。血臭が波のように打ちかかって来たのである。

あわてて防毒マスクをつける。形は通常の風邪引きマスクと変わらないが、布地の部分が三重のフィルターになっていて、毒素を遮断《しやだん》する。隙間から侵入して来た分も同じだ。廉価《れんか》なので、〈新宿警察〉の開発事業部から民間へ下ろして好評だが、例によって賄賂《わいろ》と官民の癒着《ゆちやく》騒ぎが持ち上がって、今も揉《も》めている。

さすがに効果は抜群で、みな精悍《せいかん》な顔つきを取り戻し、せつらに続いてホールの奥のドアを抜けた。

凄《すさ》まじい光景が待っていた。

あの程度の血臭で済むかと思われるような分厚い血の海の中に、人間の部分が転がっていた。

手も足も顔も胴もばらばらな上、どれも指は食い切られ、肉は削《そ》がれ、顔など三つか四つに引きちぎられている。

「何てこった――」

警官のひとりが呻き、

「おい、よく見ろ。内臓がないぞ」

もうひとりが、眼前の光景に怯えたように眼を閉じた。

「店員も客も食っちまったんだな」

と三人目が呻いたとき、四人目が、左の方——血の沼に沈んだみたいなシートやテーブルの方を指さした。

音がする。

生肉を引き裂き、咀嚼《そしやく》する音だ。

「おいおいおい」

すでに、入店したときから、ガス式のベネリ・ショットガンと、日本製の短機関銃《SMG》を二人ずつ手にしたが、今は肩付けだ。ショットガンは弾倉の下に、SMGは本体の上に赤外線ライトが付いている。

四つの光点が、不気味な音のする闇に集中した。

女がいた。ホステスらしい派手なドレス姿だ。身を屈《かが》めて、手にした人間の腿《もも》を口にしている最中であった。パンスト付きなのが生々しい。

「警察だ」

とひとりが声をかけた。怯えたふうはない。〈新宿〉の警官は、事務職といえど、惨劇の光景に動揺しない精神対抗措置を受けているが、現場の警官に対するものは、最も強力になる。

人体損壊、血みどろ等で足がすくんでは、〈魔界都市〉の警官は務まらないのであった。

「任せる」

とせつらが声をかけた。

「え?」

「他の場所が目的地」

さっさと部屋を出て、ホールの左端の壁に向かう。

とりあえず、邪魔者は別の存在が引き受けてくれた。後は知ったことではなかった。

染みに見える部分を押すと、秘密のドアが開いた。

乗り込んで下りるまで二秒とかからない。ドアはなかった。上と同じ血臭が押し寄せて来た。

無言で円形劇場を思わせる室内を見廻《みまわ》す。

予想どおり、上と同じ血と肉片だらけの惨場だが、

「少し大人しい」

客たちは一〇人近くが倒れてはいるが、様子はまとも——五体満足だ。壁や床にとび散った血の量も、眼につく程度で、それなりの暴力事件なみだ。このくらいなら内々で処分しろと命じるマスターが殆《ほとん》どだ。

「どっちが先だ」

ヒバリの話では、連れ込まれたとき、上の店は平穏な営業中だったという。すると、ここで生じた化物が上へ押しかけたとみるのが常識だろう。だが、あちらの凄まじさに比べて、こちらの大人しさはふた桁も違う。元が静謐《せいひつ》で、枝が狂気という状況は何を意味するのか？

妖糸をとばして、死体を調べると、どれも喉を嚙み破られたのが致命傷で、二、三齧られた痕はあるものの、他に散らばったばらばら遺体とは比べものにならぬ尋常さであった。

「ははあん」

うなずいた。ここの犯人は、上の女とは別人なのか。ヒバリの見た獣人たちのひとりであり、上の女は多分、このホールにいた生き残りなのだ。

上に残した妖糸が、銃声を伝えて来た。

ショットガンの怒号——ＳＭＧの連射、それから——男の苦鳴。

数瞬遅れて、

「ドカン」

とせつらは手榴弾《しゅりゅうだん》の轟《とどろ》きを再現した。天井が揺れた。頑丈な造りらしく、コンクリ片ひとつ落ちては来ない。

すでにせつらは、このホール階の探索を終えていた。

エレベーターで一階へ上がると、二人の警官が玄関近くに横たわり、上体を起こしていた。全身は血まみれだ。片方は顔が半分ない。もうひとりは、署との連絡を終えたばかりらしく、通信機を肩のホルスターに戻そうとしていた。

せつらを見て、絶望的な表情が、恍惚《こうこつ》と生気を取り戻す。

2

喉と腹部の傷を確認してから、せつらは、

「あとの二人は」

と天井を指さした。きょとんとした表情が返って来た。天井の国の意味がわからなかったのだ。

ひとりが荒い息をつきつき、

「やられた。中にいる」

「危《やば》」

せつらは、しかし、怖《おそ》れ気もなく店内へ入った。

血まみれの床の上で、二人の警官が食われていた。どちらも首を半ばまで食いちぎられて息絶えているのはわかったが、安らぎが訪れたかどうかはわからない。

ごり、とこれも血まみれの女は、漫画の怪物みたいに大きく口を開いて、すでに右半分を食い切った警官の左半分——頭から鼻の上までに嚙みついた。

丸ごと食いちぎり、頬張って咀嚼しはじめると、ふた口で警官の顔はなくなった。女は乱暴に飲み込み、鼻から下の部分に歯を立てた。

そこで、せつらに気づいた。

嚙んだ分を食い切り、二、三度嚙み鳴らすと、飲み込んでしまった。

狂気と飢えを湛《たた》えた眼が、せつらを映すと同時に、恍惚で埋まった。

警官たちの死骸が、宙に浮き、せつらの眼の前に流れて来た。

「下には死体がひとつもない」

とせつらはつぶやいた。

「こっちも少ないけど、下よりずっと食い荒らしてる。それにしても——」

死体が少ない、とせつらは言いたかったのかもしれない。女を見て、

「ひとりだけ上へ来て、まともな客やホステスを食い尽くした。死体はお腹《なか》ん中か。食べ過ぎだよ」

パトカーのサイレンが近づいて来た。出食わすと面倒だ。

「加害者を連れて〈メフィスト病院〉へ行ったと伝えて」

返事も聞かずにいる間に、女が——ホステスが立ち上がった。

「みんな食べちゃった？」

とせつら。

応える代わりに女はとびかかって来た。

せつらの顔前一〇センチで固まってしまったのは、妖糸とそれを操る指の技だ。

その持ち主は、しげしげと狂気の顔を見つめて、

「胃の中を調べてみる」

と言ってから、三秒ほどで、

「何もない」

と言った。

いま食べてた顔も、何ひとつ残っていないのだ。

しかも——

「溶けてた」

と言われて、この街で、否《いな》、世界でただひとつ——せつらに匹敵する美貌がうなずいた。

その眼の前に、せつらは何かつまんだふうに二本の指を突き出している。

何も見えない。一〇〇〇分の一ミクロン——チタン鋼の妖糸であった。

だが、〈魔界医師〉はうなずいた。

「確かに。しかし、診断は簡単明瞭《めいりょう》だ。胃酸だな」

「やっぱり」

せつらとしても、他の考えようはなかった。

「不経済だ」

これでは、胃に入った刹那《せつな》、肉も骨も跡形もなく消化されてしまう。

「そのとおり、幾ら食事をしても、次の瞬間に空腹を抱えていることになる。満腹感を味わう余裕もあるまい」

「危《やば》い」

玲瓏《れいろう》とうなずき、静夜の名月のごとき美貌が、同伴者用の椅子にかけている女を見た。珍客である。

凶暴な飢えと憎しみの翳《かげ》は残っているが、表情は、すっかりとろけている。秋せつらとドクター・メフィスト——この二人を同時に見てはならない。〈新宿〉の言い伝えだ。

「放っとけば、〈新宿〉中の人間が食われてしまう」

内容と一千光年も乖離《かいり》した声に、白い医者の宣言が挟まれた。

「〈区外〉へ出れば、世界中が、だ」

せつらを待合室に残して、メフィストは女とともに消えたが、一〇分とかけずに戻って来て、

「警察が君の行方を捜している。ここにいると伝えたから、すぐにやって来るそうだ」

「どーして伝えるかなあ」

「警察には協力しなくてはならん。〈区民〉の義務だ」

「はいはい、ギムギム」

「この女の食欲を抑《おさ》えられるかどうかはこれからだ。君は逃亡したまえ」

「当たり前」

食人鬼と化した女は、〈メフィスト病院〉へ届けるからと、警官たちの制止をふり切って連れて来たものである。警察が事情聴取に来るのは目に見えていた。ここでせつらのすることはもうなかった。

「んじゃ」

背を向けると、

「これを服《の》みたまえ」

メフィストが差し出したのは、長さ三センチほどの太めの針金であった。ドクター・メフィストの〝針金細工〟がどのようなものか、敵対者とせつらだけは知っている。

「どーも」

その場で呑《の》み込み、せつらは病院を後にした。


ヒバリが〈新宿御苑《ぎょえん》〉近くの廃マンションに戻ると、暗い部屋の中に浩吉がいた。

照明を点《つ》けて、ヒバリは眼を閉じ、不憫《ふびん》と思うところを怒りに変えた。

「またドジ踏んだね。今度は何だい?」

浩吉は痣《あざ》のできた右眼を撫《な》でて、

「組の奴《やつ》が、上衣《うわぎ》のポケットから、これ見よがしに財布出したもんだからさあ、ちょっと手え出したら、向こうは予想してたらしく、たちまち捕まって、フクロさ。畜生《ちくしょう》、あいつら、最初から待ち構えてやがったんだぜ」

「ひけらかしといて、捕まえたらユスリだね。何をされたんだい?」

少年は、うすく笑って、かぶりを振った。

「冗談じゃねえ。こっちだって、そんなに甘かねえよ。フクロにされながら、ひとりの脛《すね》に嚙みついてやった。おれの歯——鉄の義歯だって知ってるだろ? 骨を半分も食いつぶしてやったから、ヒイヒイのたうち廻る。その間に逃げ出して来たんだ。ついでによ」

二人の間に、財布が二つ投げ出された。

「あら——転んでも」

「あたりめえさ。ヤー公なんて大して持ってねえはずなのに、こいつら結構持ってやがった。バイトでもやってるんだろ」

「組に内緒かしらね?」

「多分な。財布が厚すぎる」

「なら、組にチクるって脅かしゃ、当分はゆすれるわよ。ね、早く見つけといで」

弟を痛めつけたやくざをゆすろうという姉も凄《すご》いが、

「わかってるよ。組はバッジでわかるし、顔もみーんな覚えておいた。明日にでも脅しに行ってくらあ」

弟も輪をかけて凄まじい。

子供とは思えぬ凄惨な笑顔が、突然、苦痛のそれに変わった。

イテテテとフローリングの床に転がる浩吉に近づき、

「何処が痛む？」

浩吉が答えると、ヒバリは奥の棚の上から、〈新宿〉用救急キットを取り出して戻った。

しばらくの間、苦鳴が一〇畳の室内に満ちた。

「黙って。外の奴らが来るよ」

〈御苑〉一帯は、〈第一級安全地帯《ファースト・セフティ・ゾーン》〉で、危険な妖物は少ないが、時折例外もいて、通行人が骨にされている。

手当てが終わり、ヒバリが離れようとすると、子供とは思えないたくましい腕が首に巻きつき、引き寄せると同時に、転がして、全身が上に乗って来た。

「ちょっと――未成年よ、あたしたち」

「何を今更。おれ、何かくたびれちゃったよ――動かないどくれ」

最初は、暑苦しいからあっち行けと拒《こば》んでいたのが、やがて、大の字に動かなくなった。

「姉ちゃ〜ん」

Tシャツに包まれた幼いふくらみの間に、浩吉は頬を埋めてきた。イテテと呻いた。いつの間にか、涙が流れていた。

殴《なぐ》られはしたが、充分お返しは果たした。怖くはない。ここを突き止めて襲って来たら、逃げればいい。逃げ道も、近所の交番への逃亡ルートも確保している。武器もだ。永遠のヒット作ワルサーＰＰＫ

とＨ＆Ｋ《ヘッケラー・アンド・コッホ》の名品ＭＰ５Ｋ〝ベイビー〟だ。

通常のＭＰ５Ｋよりひと廻り小型の短機関銃《ＳＭＧ》は、その綽名《あだな》のとおり5・56ミリ×24の特殊弾丸を八〇〇発／分でバラ撒《ま》けるが、本体内の衝撃緩衝《かんしょう》装置によって、抜群の集弾性能を見せる。

盗んだ金もある。新しい棲家《すみか》を見つけるくらい訳もない。

なのに涙が。

ヒバリは弟の頭を引き寄せ、舌で涙を拭《ぬぐ》った。

「涙なんか一円にもならないよ。他人のも自分のもね。もっと尻の穴を締めんだよ」

「うるせーな、わかってるよ」

罵《ののし》りながらも、浩吉は落涙《らくるい》し、舐《な》め取られることを続けた。

「気になるのかよ？」

ヒバリが訊いた。はっとした。

「――何がだよ？」

「これから、おれたちどうなるんだ――だろ？」

「……………」

「そんなことわかんないよ。金稼いで利息で食うか、組でもこさえて親分に収まるか、お店の店長になるか――或《ある》いは誰かに刺されて死ぬか。どれを取っても涙が出るばっかりさ。不安の解消なんて無理無理無理。あたしたちは、それに悩みながらくたばるしかないんだよン」

「畜生」

浩吉は姉のＴシャツをめくり上げた。乳首をニプレスで止めただけの胸が現われた。浩吉はそれを吸った。あ、またとヒバリは怒りの表情をこしらえたが、すぐに優しく弟の頭を抱いた。

「わかんないんだよね。おまえもあたしも、何かもう、充分に生きたような気がする。でもわかんないんだよね」

その眼尻から光るものが伝わった。

深夜、いきなりドアが開いた。

マンションの出入口とドアの外に仕掛けた警報装置は、機能停止に陥っていた。

「大人しくしねえと、この場で殺《バラ》すぜ」

男のひとりが、ヒバリの後頭部に拳銃を押しつけた。

関口は何処にいる？　と訊かれ、誰のこった？　と訊き返した。

「〈区外〉――横浜の『血風会』って組の下《した》っ端《ぱ》だ。おまえはそいつから、荷物を盗んだ」

「どこで調べたんだい？」

いきなり、全身を電撃が駆け巡った。声もなく全身をねじって仰向《あおむ》けに倒れる。

「やめろ！」

と叫ぶヒバリも後を追った。

背後の男が、首すじに衝撃波パッドを押しつけたのである。人殺しも厭《いと》わない証拠だ。浩吉はともかく、女のヒバリは心臓麻痺《まひ》を起こしてもおかしくはない。


「姉ちゃんは何も知らねえ。おれだってそうだ！」

浩吉は苦痛をこらえて叫んだ。内臓は火花を立てているようだ。

「確かにあいつからでっかいバッグは盗んだ。けど、通りかかったチンピラにそれをまた盗まれて――最後はせつらさんと取り返しに行った。でも、いつの間にかそいつらは、ひとりを除いて皆殺しになり、荷物はそのひとりが持って逃げちまったんだ。それから先のことは何も知らねえよ」

じっと浩吉の顔を見ていたひとりが、

「本当らしいな」

とうなずいた。スマホを取り出して、出て来た相手に事情を説明する。

「ふたりとも連れて来いだとよ。気の毒にな」

他の連中が声もなく笑った。嫌な笑顔になっていた。

「ああ、見たくねえ見たくねえ」

二人の全身から血の気が引いていった。

3

二人が連れ込まれたのは、〈河田町《かわだちょう》〉のマンションであった。

背広姿にネクタイのデブちんが待っていた。「火葬団」の坂巻であった。彼の下に荷物を届け、金を受け取るはずだった〈区外〉横浜のやくざ「血風会」の関口郷平が、突如《とつじょ》小さな反乱を起こして、荷物を持ち去った――それから坂巻は〈新宿〉中を捜し廻り、情報を集めて、今日の夜、若い姉弟の下に辿《たど》り着いたのである。これほど遅れたのは、情報元《ネタ》が、姉弟について触れようとしなかったからだ。彼らはヤバい連中に好かれているらしかった。

「話すこたないよ」

と居直るヒバリを、坂巻は彼女が腹の底からぞっとするような眼つきで眺《なが》めた。

「ああ、そうらしいな。それならそれで別の用があるんだ。おまえ、おれのことをどう思う?」

「………」

ヒバリの顔にははっきりと悍《おぞま》しげな表情が印された。

「どう思う? 答えろよ」

坂巻の声に威圧がこもった。

ヒバリは眼を閉じた。少女にどうこうできる凄みではなかった。俯《うつむ》いて言った。

「ガマガエルみたいなデブよ。脂肪《あぶら》でベトベトの面《つら》の皮、タラコそっくりの唇が二枚――間から汚らしい舌が見えるわ。息はドブみたいよ。キスする女は、みんな失神するんじゃない。オレの魅力だなんて考えないほうがいいわよ」

「よーく言ってくれた。おい、その餓鬼《がき》連れて、下がってろ」

「姉貴におかしなことしたら、承知しねえぞ、畜生」

浩吉の絶叫がドアの向こうに消えると、坂巻は、床上のヒバリに躙《にじ》り寄って来た。

後ろ手に強化ビニールの手枷《てかせ》をつけられているのを、尖《とが》った爪で切り離す。

「?」

訝《いぶか》しげなヒバリへ近寄らず、

「一方的なやり方は好みじゃねーんだよ、マイ・ラブリー・バード」

「うるさい!」

ヒバリは立ち上がりざま、テーブル上の灰皿を摑んで思いきり、デブっ腹《ばら》へ投げた。それは肉の間に消え、坂巻が腹を出すと、ヒバリの足下へ戻って来た。

「この化物」

「ふふふ、この身体は特製でな。ライフルの弾丸も通らねえのさ。人工脂肪のお蔭《かげ》よ。貫禄も充分で睨《にら》みも利《き》くし、どんな女も乗っかりゃ大人しくなるんだ」

「このド変態オヤジ」

「おお、もっと言ってくれ」

唇の間から流れ出した涎《よだれ》を、坂巻はぺろりと舐め取った。

両手を広げて、ヒバリに抱きついて来た。

「エロおやじ」

ヒバリは重い卓上ライターを摑むや、坂巻の欲情した顔面に叩《たた》きつけた。

確かに半ばまでめり込み、ぽんと弾《はじ》き返されて来た。

もう一度摑み上げたとき、ヒバリは押し倒されていた。

「やだ。やめろ、糞親父《くそおやじ》!」

叫ぶ可憐《かれん》な唇は、分厚いそれで塞《ふさ》がれた。汚らわしい指が腿のつけ根に——

「嫌あ」

すれきった〈区民〉の声ではない、少女の悲鳴が空気を震わせた。

少女にも容赦《ようしゃ》のない街と住人である。

ヒバリが闇に呑み込まれようとしたその時——

ドアのところから、

「お愉しみのところ申し訳ないが」

冷たい男の嘲笑《ちょうしょう》が聞こえた。

ヒバリから離れ、愕然《がくぜん》とふり返った坂巻の右手は上衣の内側に滑り込み、愛用のブローニングを抜き出して——止まった。

侵入者の右指がこちらを向いているのに気づいたからである。

指先から関節まで嵌《は》め込まれたフィンガー・レーザーは、ぴたりと坂巻の額に照準を合わせていた。

「——南郷さん」

彼は相手の名を呼んでブローニングを戻した。

「どうやら同じ目標に到達したらしいな」

白いスーツの胸に薔薇《ばら》の花をつけた男は、破顔して見せた。坂巻とは雲泥《うんでい》の差がある端整な顔だが、笑いに毒々しいものが含まれているのは、やはり血と暴力の世界の人間だ。

「外の子分は——殺《や》ったのか？」

「手向かいしたんでな」

「んじゃ仕方がねえ。目的はこの餓鬼どもだろうが、薬に関しては何も知らねえそうだ。嘘《うそ》じゃねえと思うぜ」

「だったらなおさら、あんたんとこには置いとけねえ。そうだろ？」

「どういう意味だ？」

坂巻の表情が殺気を告げた。

「その娘はおれが預かろう」

南郷は冷え冷えと口にした。

「おい」

「実はおれもロリ趣味でな。ここは譲ってもらおう」

「三日の間は邪魔しねえという約束だぜ」

「仕事に関係ねえと言ったのは、あんただよ。どうなってるか、進捗《しんちょく》を訊きに来たんだが、とにかく、この娘はおれが預かる。そっちの坊主を好きにしな」

「てめえ」

またも坂巻の右手が上衣の内側へ滑り込みかけ、南郷の手下がぶら下げていた消音銃《マフラー・ガン》の銃口を向けた。

「あんたにゃ、取引きの際、『血風会』の連中を始末しろと依頼されたが、ひとり逃がしちまった。それをチャラにしようとあれこれ動いてたんだが、ようやくこの二人を発見した。ひとりずつ分けようや」

「いいとも。そっちの餓鬼をつれて、さっさと消えちまうんだな。おれはこっちにご執心《しゅうしん》だ」

坂巻は、浩吉の方へ顎をしゃくった。

「悪《わり》いな」

にやりと結んだ笑いが、ふっと消えた。同時に、びゅーっと風が唸《うな》って坂巻は窓際まで吹っとび、南郷は元の位置で、半裸のヒバリの頭を撫でていた。

周囲で風が渦巻いた。

「成程な。神速ヒューマンか」

坂巻も薄笑いを作った。

「だが、そうは問屋が下ろさねえ。おれは抜けがけは許さねえ性質《たち》なんだ。拐《さら》えるもんなら拐ってみな」

姿が消えた。

再び狂風がすべてのものを呑み込み、次の瞬間、三人の姿はなかった。

浩吉が無傷なのは驚くべきことだった。動くものはすべて吹っとび、部屋中を転げ廻った中で、床に伏せていた彼だけは、髪の毛が吹き乱されるくらいの影響しか受けなかったのである。南郷の子分たちは、全員、壁に叩きつけられて失神中であった。何人かは首の骨が折れている。

彼らが持っている消音銃を二挺《ちょう》取り上げ、一挺は手に、もう一挺はベルトに差し込んで、浩吉は吹っとんだドアの方を怒りの表情で見つめた。

「畜生、変態どもが。姉ちゃん、待ってろ。すぐ助け出してやる」

そして、彼は手近の品をリュックに詰めてから、部屋をとび出した。

アジトを出てすぐ、必死の思いでスマホを取り出した。

吉か凶かと思っていたら、凶だった。空《むな》しい通信音の後で、

「只今《ただいま》、外出しております。ご用の方は――」

「馬鹿野郎！」

喚いて切った。ひと呼吸おいて、着信音が鳴った。

「無事かい？」

浩吉は視界を失なった。涙のせいである。

姉ちゃんを捜してくれよ。〈新宿〉一の、世界一の人捜し屋。

「姉ちゃんが拐われた。超スピード野郎が二人奪い合ってる。ひとりは坂巻で、もうひとりは南郷だ」

「君は何処にいる？」

一〇分とかけずに、二人はアジト近くの中華料理屋で顔を合わせていた。すぐに姉を捜してくれと言う浩吉を、せつらが食事に誘ったのである。ああいうロリコンは、絶対に掌中《しょうちゅう》の珠《たま》を傷つけたりしないというものであった。ひとりが危害を加えようとしても、片方が生命《いのち》を賭けて守る。そうは聞いても浩吉は安心できなかったが、大丈夫とせつらに見つめられると、ついうなずいてしまった。

酢豚と大盛りチャーハンを掻《か》き込む浩吉の箸が止まるまで、せつらはぼんやりと眺めてから、
と言った。

「お蔭で筋が読めた」

「なら、姉貴を助ける料金はロハでいいよな？」

爪楊枝《つまようじ》でシーシーやりながら、浩吉は交渉人の眼でせつらを見つめかけ――あわててそっぽを向いた。

見てはいけないと思っても、眼は絶妙のタイミングで美しいものに吸引されてしまう。眼をそむけるのは容易ではない。悲しみさえ付きまとうのだ。

「よかろう」

せつらはうなずいた。

「しかし、香料の他に女子小学生の争奪戦もありか」

溜息《ためいき》をひとつして、せつらは立ち上がった。店を出て、浩吉に、

「〈メフィスト病院〉へ行け」

と言った。

「連絡しておく。後は院長にお任せ」

こう告げて、せつらは去った。

〈歌舞伎町〉にある「C・スポット」の従業員たちは、もとよりおかしなお客には慣れっこであるが、今回は度肝《どぎも》を抜かれたみたいに、何も手につかず考えられなくなった。

各部屋に取り付けてある監視カメラの画像を見せてくれと言われ、一も二もなく従った。

どーもと彼が店内へ歩き去ったときも、止める気になれなかった。

「お邪魔」

と入って来た秋せつらを見て、南郷は眼を丸くした。

「まさか――どうやって」

どの言葉も弛《たる》みきっている。

「ロリコンならこの店だ」

せつらは天井からぶら下がった枷つきの鎖や壁の鞭《むち》、肛門用の太い注射器、木馬等を見廻した。どれも通常よりひと廻り小さいのは、子供用だからだ。

「C・スポット」は、C《チャイルド》――悪名高き子供用のSMクラブであった。

せつらが訪れたのは、あくまでも勘である。それが適中した。勘の鋭さもあるが、やはり運だろう。

「秋せつら」

声の主は、奥のベッドの縁にかけていた。上衣にブラウス、スカートという服装は、その色といいセンスといい、まるでファッション誌のモデルだ。しかも、お仕着せなどではなく、選び抜いたみたいに似合っている。

「新品？」

せつらがつぶやいた。

「そうなんだ。そいつがここへ来る前に買ってくれたんだよ」

と、せつらの隣で棒立ちの男——南郷を指さした。こちらはパンツ一枚の半裸だ。

「これからのところを失礼」

南郷はあわてて、片手でせつらを制した。この若者に敵対した者の運命を、少しは知っていると見える。

「おれは何もしていない。違うんだ」

「何が？」

「そうなんだよ、せつらさん」

意外や意外、ヒバリが同調した。

「そいつ、あたしをもうひとりの変態から助けてくれたんだ。それから、ここへ——」

「しかし」

せつらは二人を見比べた。どう見ても、変態男とその犠牲者である。ヒバリが夢中で続けた。

「あたしも最初は変態の毒牙にかかると覚悟してたんだ。ところが、まず服を買って、ここへ来て、そこに立ってろって」

せつらは、黙って痩身《そうしん》のロリコンやくざを見つめた。

南郷は溜息《ためいき》をついて、両手を上げた。

「悪かったな。これがおれの趣味なんだよ」

「着せ替え人形ごっこ？」

「何とでもぬかせ」

南郷は薄い唇を歪めた。

「おれはこの小娘に指一本触れていない。置いて出て行け」

「坂巻はどこ?」

「この娘を奪い合ってるときに、何処かへ吹っとばした。〈大久保〉の何処かだ」

「ふむふむ――目当ての品は見つかったのかな?」

部屋の空気が殺気に変わった。

「やはり――知ってたか」

「見つけた?」

「いいや。何処かで開かれる秘密パーティの主催者が持っているところまでは突き止めたが」

「ほお」

「君はそれ以上のことを知っているのかな?」

「内緒」

「ふむ。ここまで来たのは大したものだが、それもここで終わりだ。出て行くか――死ぬか」

「どっちもノン」

南郷は苦笑を浮かべた。やりたくはないという笑みである。

その身体が消え、ごおと風が唸る――そして、元に戻った姿は、せつらの方へと疾走の姿勢を取っていた。

あと違うのは――苦痛に歪みきった顔だ。

「貴様……何を?」

手が胴へと伸びかけて――止まった。

そこに巻きついたひとすじのチタンの糸が作り出す痛みは、縛《しば》られた者だけが知る地獄そのものだ。

せつらは、ソファに放ってある南郷の服に眼をやった。

「上等なのに、ひどく傷んでる。前に一度、会ったことがある。同じ服を着た加速人間に」

第五章　塒《ねぐら》を捜《さが》せ

1

せつらは続けて、

「風間ユミという女性のことは?」

と訊《き》いた。

「知ってる……おれも……多分……坂巻も追ってるんだ」

「何処《どこ》にいる?」

「知ってりゃ……ここで……こんな真似《まね》は……してねえよ」

「それはそうだ」

茫洋《ぼうよう》たる表情が崩れた。笑ったのかもしれない。

「『血風会』も……、おかしな品に……手なんか出さねえで……おきゃ……よかったんだ。〈区外〉では……地道にやってりゃ……こんな面倒な……ことには……」

「『王妃マーゼンの唾《つば》』は〈区外〉の製品?」

「なんだ……知らなかったのか? ……こいつぁ……面白《おもしれ》え……探偵が身元も知らず、相手を……追っかけてるとは……な……」

「その『血風会』はどこからあんな薬を?」

「知らねえよ……そんなこた……興味もねえ……物《ぶっ》さえありゃあ……いいの……さ」

「道理だけど」

せつらは眠そうな眼を閉じ、すぐに開いた。

「死にたい?」

と訊いた。

「うん、といいうわけねえだろ?」

「なら、約束しろ」

「何をだ?」

「二度とこの件には関わらない」

「そうはいかねえよ」

突然、南郷の身体《からだ》に異様な変化が生じた。四肢も首も、あり得ない角度にねじくれたのである。

ヒバリが悲鳴を上げて顔をそむけた。

何ともいえない音が、南郷の唇を割った。苦鳴だ。

「キュシュシュシュヒ」

その叫びも全身の変形も、ひとすじの妖糸のせいだとは、せつらにしかわからない。

「やめて――」

ヒバリが身を震わせて叫んだ。

「その人は、あたしを助けてくれたのよ！　あたしとは着せ替えごっこをしてただけなの！」

この叫びの何が、次の変化を起こしたのかはわからない。

南郷はその場に倒れた。変形は消えていた。

「――危《やば》そうだ」

せつらは天井に眼を据えた。

「この子を連れて、逃げろ。加速人だろ？」

「――何が来るっていうんだ？」

「不明」

せつらは鳩尾《みぞおち》に手を触れた。


「急げ。この子はドクター・メフィストに任せろ。約束だ」

「あいよ」

南郷の姿が消滅し、間一髪《かんいっぱつ》遅れてヒバリの姿も無くなった。

ごおと風が唸《うな》り、その瞬間、ナパーム・ミサイルの爆発が、風と部屋をせつらごと六〇〇〇度の炎塊に変えた。


〈歌舞伎町〉の名所のひとつが、六階のフロア全部を焼け崩れさせるより、一〇分も早く、二つの人影が〈メフィスト病院〉の夜間診療受付の前にやって来た。ヒバリと南郷である。彼は途中で買ったスーツに身を固めていた。

「約束なんて守るつもりはねえが、何となくあの色男は薄気味悪い。ここは言うことを聞いとくぜ。とっとと行きな」

そして、夜の街へと消えた。

付き添い用の部屋で、ヒバリは先に来ていた浩吉と再会した。

二人とも秋せつらに救われたと知って、溜息《ためいき》をついた。あの美貌の主に救われた——まるで十億円の宝くじにでも当たったような驚き——を通り越して、喜びのあまりの空《むな》しさを感じてしまったのだ。

「せつらから連絡があるまでここにいたまえ」

とメフィストは告げた。

「先生、嗅《か》いだ奴《やつ》が人間を食っちまう香水のこと——知ってるんだろ？」

「勿論《もちろん》だ。犠牲者がひとりいる」

ふたりは顔を見合わせて、浩吉が、

「会わせてくれねえか？」

ヒバリもうなずいた。

「おれたち無関係じゃねえ。あの香りを嗅いだ奴がどんなふうになるか見てるんだよ。何か役に立てるかもしれねえだろ」

ここで、この餓鬼《がき》がと誰も思わないのが〈魔界都市〉の住人だ。

「よかろう」

メフィストは、あっさりと身を翻《ひるがえ》した。

どこの廊下をどう歩いたのかはわからない。気がつくと、鉄格子の嵌《は》まった部屋の中にいた。

ベッドの端に腰を下ろした女が、点滴を受けている。人肉の代わりかと思って、姉弟《きょうだい》はぞっとした。

「五月《さつき》さん！」

ヒバリが叫んだのは、女を見て数秒後のことだ。ようやく顔の認識機能が動き出したらしい。

「ね、五月さんでしょ。あたしよ、ヒバリ。〈東五軒町〉の『広界荘《こうかいそう》』にいたヒバリよ」

興奮にたぎる姉の顔と、ベッドの女の顔を見比べて、浩吉も手を打った。

「そうだ——五月さんだ。熊切《くまぎり》五月さん」

「知り合いか」

メフィストの言葉は問いではなかったが、ヒバリは何度もうなずいた。

「一年もいなかったけど、その間、ずいぶんお世話になったんだよ。お金がないときは、御飯食べさせてくれたし、着る物がなくて泣いてたら、これ着なさいって、お古くれた。お古だって、嬉しかったよ。あたしも浩吉もずうっと感謝してた。親父《おやじ》もお袋も、あたしたち捨てて逃げ出した後だったから、どんな親切でも身に染みた。五月さん、あたしよ、ヒバリ――浩吉もいるわ」

少女の眼には涙が滲《にじ》んでいた。

瞳に恩人の顔がいっぱいに広がった。

女――五月が跳びかかって来たのだ。

歯を剝《む》いた顔は鈍い音をたててのけぞった。つぶれた鼻を押さえるでもなく、五月は見えない壁に爪をたてた。爪はすべて剝がれ落ちた。

血の流れる指で、なおも摑《つか》みかかろうとする悪鬼《あっき》の形相《ぎょうそう》の中に、別の何かを見ているものか、ヒバリも手をのばし、壁にぶつかって引いた。

「どうして、こんなことになっちゃうの？　あんなに優しくしてくれた人が、あたしを食べようとしてる。何なのよ、この街は？　あたしたちに、もっとひねくれろっていうの？　他人を見たら懐《ふところ》具合を確かめろ、隙を見て鞄《かばん》をかっぱらえ、抵抗したら、ど頭《たま》ぶち割って、死体は路地か流砂に放り込んじまえ――これ以上、もの凄《すご》いことを考えるようになれっていうの？」

身を震わせて叫んだ。

次の瞬間、戻った。激情の残滓《ざんし》を浅い息に乗せて吐き出し、眼を拭った少女の顔は、いつものたくましさに満ちていた。

その肩に、白い手が置かれた。この病院へ入る者たちは、みなこれを望み、空《むな》しく出て行くのであった。

「完璧とは言えんが、ここまで進んだ」

メフィストは左手の指輪を短く一閃《いっせん》させた。

何が起きたのか、ヒバリと浩吉にはわからなかった。

牙を剝く顔が、急に緩んだ。鬼の翳《かげ》が跡形もなく消滅し、そこに立っているのは、平凡な初老の女だった。

皺《しわ》の濃い顔が、おろおろと後退し、それでもヒバリを見て、あっと眼を丸くした。

「ヒバリちゃん？」

「そうよ、そう。五月さん、治ったんだ。やっぱ凄いわ、〈魔界医師〉」

五月が走り寄って来て——また、どんとぶつかって止まった。

「あ。浩吉くんもいる。あれからどうしてたの？」

二人は俯《うつむ》いた。

「何とか生きてきた。この街では、見事なことだ」

とメフィストが言った。

「そら、そうですとも」

五月は潤んだ眼でうなずき、姉と弟は呆然《ぼうぜん》と白い医師を見つめた。

「お知り合いなの、ドクター？」

五月の問いは、驚き、感動に満ちていた。

メフィストはうなずいた。

「そうだ」

「なんて、凄いの、この二人——ドクター・メフィストに覚えてもらえてるなんて。あたしの知り合いの中でも最高の成果よ。やるぅ」

二人は苦笑を浮かべた。何とか笑顔にしようと思ったが、上手《うま》くいかなかった。

眼を伏せて——上げた。

悪気の顔が歯を剝いていた。

また爪が摑みかかって来た。

「ここまでだ」

メフィストは静かに言った。

二人がそのケープにすがった。闇から光へ、光から闇へ——〈魔界都市〉の変転の相であった。

「後は任せたまえ」

白い手が力も加えず二人の向きを変え、戸口の方へ向かせた。

背後では、血に狂った恩人が、彼らの血と肉を求めて、見えない壁を掻《か》き毟《むし》っているのだった。

その深夜、せつらは〈旧区役所通り〉にある花屋でひっくり返っていた。

あの爆炎をどうくぐり抜けたのか、美貌には傷ひとつない。

花屋へやって来たときは、半ば焼け爛《ただ》れたコート姿であった。白い仮面を被《かぶ》った店長はわからないが、二人の女店員は眼を丸くした。

〈歌舞伎町〉の花屋は、夜こそ賑《にぎ》やかだ。客用の花を求めるホステスや、逆の立場の客たちで、ごった返しているところへ、ナパームの臭いを漂わせた男がとび込んで来たのだから、みな驚いたが、顔をそむけるどころか、見入ってしまい、怒る代わりに陶《とう》然《ぜん》となったのは、秋せつらの魔法ゆえだ。

「ＡＷＳフラワー」は、彼の従兄《いとこ》＝仮面の店長――ふゆはるが経営する店であった。

「あらあ」

「何年もお待ちしていましたわ」

柊子《とうこ》と美也《みや》の名物姉妹も、淫《みだ》らさたっぷりの眼差《まなざ》しを送る前に、衣裳《いしょう》の胸もとを、大きく広げたほどだ。

「営業妨害だ。早めに退店してくれ」

素っ気なく言い渡したふゆはるにも、

「あーら、ご親族じゃなくて？　冷たいこと」

「そうよ。ここは温かく迎え入れて差し上げないと。奥の部屋であたくしたちが傷の手当てをして差し上げますわ。ねえ？」

「ねえ」

舌舐《したな》めずりの後で、にんまりと唇を歪《ゆが》めたものだ。

「いや、ごめん」

とせつらはコートを脱いで、ぶつくさと、

「あれの防禦《ぼうぎょ》力がコートにまで及んでくれるとよか

ったんだけど、手を抜いたな、メフィスト」

のんびり文句を言いながら勝手に奥の部屋へ入った。

店内の状況は、姉妹に巻きつけておいた妖糸が逐《ちく》一《いち》伝えてくれる。

また客が来た。

「いらっしゃいませ」

「適当に見つくろって花束をひとつ頼む。派手な色がいいな」

「なら、紅《あか》い薔薇《ばら》が。クラブの彼女？　お安くないわね」

「はっはっは、これから彼女の誕生パーティさ。日時を教えてくれたら、あんたたちのもやるぞ。この百倍もでかい花輪こさえてな」

「あーら、嬉しいわ。その節はよろしくぅ」

「おう、そうだ。ドクター・メフィストに頼んで、おれのでかい奴を花束に変えてもらって届けるぜ」

「やだあ」

男女の艶笑《えんしょう》がせつらに届いたとき、

「急ですが、閉店します」

ふゆはるの声がした。

当然、不満と不穏の声が上がる。

「今、緊急イヤホンに〈区〉から連絡が入りました。この近所で疫病が発生したそうです。死亡率――一〇〇パーセント」

〈区外〉なら悪い冗談だが、この街ではリアルさと訴求力が違う。

客たちの足音が店外へ遠ざかっていった。

「君たちも出て行け――と言いたいが、もう間に合わんな」

「えーっ」

「やだ。何か来るんですか？」

と柊子が胸をゆすってイヤイヤをした。

「ああ、〈職安通り〉の方から――この音は二トン・トラックだ。ただし、荷物は殺気と――武器だ」

「あらあ。あたしたち皆殺し？」

「そうなるな。さてと」

ここでせつらは部屋を出て行った。

「グッド・アイディア」

と右手を差し出して開いた。

三人の視線が手の平の上の短い三センチほどの細い針金に落ちた。よく見ると、一センチが三本だ。

「ドクター・メフィストのお守り——飲みたまえ」

さすがに顔を見合わせ、せつらを見つめた三人だが、すぐに手に取って、一気に嚥下《えんか》したのは、ドクター・メフィストの名と、せつらの言葉を信用してだろう。

「来た」

位置的に通りを見渡せるせつらが、短く言った。

〈職安通り〉方面から下って来たトラックが、店の前で止まった。

幌《ほろ》の後部から黒い影が車道へと下りた。分厚い底の軍用ブーツをはいているせいで足音はしないが、人型ロボット——アンドロイドだ。

三体が通りを渡ってその端に並び、両腕をこちらへ向けた。右腕は三本の銃身、左腕はミサイルと火炎放射器の銃口が重なっている。

「一応、抵抗の姿勢を見せません？」

せつらとふゆはるの背後で柊子が、挑発的な声を出した。

ふり向いて、せつらが、

「おや」

と言った。

グラマーといっても女の身体が、磁力ロケット砲ＶＷＰ５を肩に乗せている。

「やめろ」

ふゆはるが銃身を下げようとしたが、柊子はその手を撥《は》ねとばした。

せつらは、ぼんやりと眺めている。

「お姉さま——頑張って」

美也が淫らに身をくねらせた瞬間、電磁波で加速された円盤形《UFO》の砲弾は、真ん中のアンドロイドの丸い顔面に吸い込まれた。

路上に炎の華が咲いた。

2

火球が消えないうちに、アンドロイドの無傷な頭部が現われた。

「ミサイルも無益な合金か」

ふゆはるがつぶやいた刹那《せつな》、四人の全身を灼熱《しやくねつ》の五・五六ミリ弾が貫いた。モーター・ドライブの三連装銃身から吐き出される弾丸は一秒一〇〇〇発のシャワーと化して、四人の肉体をミンチと変えた。

三秒間で、「AWSフラワー」は瓦礫《がれき》の堆積《たいせき》と化していた。

アンドロイドのアイ・センサーが四人の死体を捜し、

「残骸ノミ発見。死亡ハ確認シタ」

とこの街のどこかにいる派遣者に伝えた。

三体は黙々とトラックの荷台に入り込んだ。一体だけ動きが鈍いのは、ミサイルの直撃の結果、駆動装置に異常が生じたらしい。

トラックが走り出してすぐ、短い戦いの間、引き潮みたいに消えていた通行人たちが路上に集合した。

そして、彼らは廃屋と化した花屋の店内に、形を整えつつある、影のようなものを見たのである。

「さすが、ドクター・メフィスト」

とつぶやいたのは仮面の男・秋ふゆはるだ。

「ちっとも痛くなかったわ」

「あれだけ弾丸《たま》射ち込まれると、感じちゃうわ」

姉妹はもうひとりの生還者の方に視線を移し、

「あら」

と言った。

ズタズタに引き裂かれた肉体を、難なく復元させ

たお守り——針金状の防禦システムの礼を伝える前に、その所有者・秋せつらの姿は跡形もなく消えていたのであった。

〈区外〉——赤坂《あかさか》にそびえるアメリカ大使館の一室で、ウェブナー駐日大使は、ふと眼を醒《さ》ました。

途方もなく美しい夢を見た。そんな思いが六〇歳の胸にさざなみを立てていた。

空気は水のような薄明かり——といえばいいのか、仄暗《ほのぐら》いといえばいいのか。それも今の夢にはふさわしいものに思えた。

すぐにベッドの脇に立つ人影に気がついた。

なぜか、見ようとは思わなかった。

「〈新宿〉に手を出すな」

と影は言った。

のんびりした口調なのに、ウェブナー大使はベッドの上で凍りついた。

死神か、と思った。なら、あれだけ美しいのもわかる。

「戦闘局の借りてるマンションへ、アンドロイド搭載のトラックが入った。今度動かしたら死ぬぞ」

「待ってくれ」

と言った——つもりだった。必死の思いだった——なのに、美しい幻の雲に包まれているようだ。

「あれは——新しい部署——『緊急戦闘局』によるものだ。大使館は一切関与していない」

「しでかしたことを知ってて、関与してないはないよね」

幻が言った。何と美しい声だ。

「それは——」

「用件は伝えた」

気配が遠ざかった。いや、薄くなった。

大使は上体を起こした。

夢だったに違いない。誰もいないのだから。

二度と見たくない、と思った。

だが、胸に刻み込まれた死の声すらも、嘘《うそ》をつけと、老人の胸を熱く疼《うず》かせているのだった。彼がサイドテーブルのスマホを取り上げたのは、数分後のことだった。

「自粛しろだとよ。あの爺《じい》さん、誰かに脅されたな」

と制服姿の大男が、半ば蔑《さげす》みの口調でばら撒《ま》いたのは、午前九時を廻《まわ》ってからである。

「誰だと思う？」

とデスクの前に立つ、これも大男に向かって訊いた。

「不明です。私もこちらへ呼び出されるまでは何も」

「アメリカ大使を震え上がらせる輩《やから》——日本政府の手先ではないな。〈新宿〉——〝魔界都市〟の住人か」

米軍緊急戦闘局・日本局長ハルク・ガンサー中将は、苦い眼差しを前方の大男に向けた。実働部隊最高責任者メッツェン・タスキー大佐である。日本国内での荒事は、すべて彼が担当する。

彼の掌握する実働部隊は、一日で島ひとつを消滅させるといわれる非合法戦闘の猛者揃《もさぞろ》いであった。

「裏が取れておりませんので、確かなお返事は致しかねますが、ご推察のとおりかと」

「すると——犯人はＳＥＮＢＥＩＳＨＯＰの経営者か。秋せつら」

「或《あ》いは、ドクター・メフィスト——いいえ、顔さえ知らぬ身としては、何とも」

「確かまともな写真一枚なかったな？」

「いいえ。ドローンが撮ったものはございます。ただし——識別不能です」

返事を聞いて、中将はタスキー大佐へ、刺すような一瞥《いちべつ》を送った。

「私が見た写真はピンぼけだったが——」

「他のもすべて」

「理由は？」

「不明です。分析班は、あり得ない現象であると」

「たかが写真一枚——ピントが合っていないだけではないのか?」

「それですと、我が軍の使用する撮影機材はすべて故障中ということになります。秋せつらとドクター・メフィスト——この二人の写真だけが、すべて幻《ファントム》か幽霊《ゴースト》を撮影したかのようにボケている。つまり、この二人を写した場合に限ってのみ、撮影機器のメカニズムは狂ってしまったということになるのであります」

「何故《なぜ》だ?」

「原因は不明です」

「君の意見を聞こう。どんなに莫迦《ばか》げたアイディアでも構わん」

はっ、と応じて大佐は全身をこわばらせた。

口が開いて閉じた。また開いたが言葉は出てこなかった。中将が溜息をついた。

「——機械の眼がくらんだ。被写体のあまりの美しさに。こうだな?」

「イエス・サー」

「緊張を解きたまえ、大佐。私は彼らの写真を見たときからそう思っておった。こんなに美しい存在なら、何でも可能だ。見た者はみな滅びてしまう、とな」

「イエス・サー」

「できれば、一日でもまともな写真を眺めて暮らしたいものだ。だが、幸いにも、すべてピンぼけときた。ならば——抹殺も可能だ。すぐに実行部隊を差し向ける」

「ご報告がまだでしたが、すでにとある花屋の店舗ごと破壊いたしました」

「——なら、大使の電話はどういうことだ」

「わかりかねます」

「秋せつら——〈魔界都市〉は生きておる。ただちに行動に移れ」

「承知いたしました」

「——それと、例の薬の行方はどうなった？」

「〈新宿〉のギャングどもを含めて、潜行隊員が捜索中であります。じきに判明するものと思われます」

「我が部隊の総力を挙げてもこれか。奇々怪々なところだな。〈新宿〉とは」

「魔性《ましょう》の巣であります」

中将は同意を示さなかった。ただ早朝の空を映す窓の方を見て、

「黒雲が風と踊っているぞ」

と言った。

「〈新宿〉の辺りだ。日本風にいうと、変容の相だ。今日も長い一日になりそうだ」

大使を脅して終わりとは、せつらも考えてはいなかった。個人とはいえ、戦術用ドローンやアンドロイドを使用する以上、戦いのための頭脳は別のところに存在する。大使の告げた戦闘局とやらに。

大使を脅してから帰宅して、戦闘局の情報を求め、大雑把《おおざっぱ》なところは把握したものの、あらゆる装備と動きを摑めるほどには到《いた》っていない。

「ま、しゃーないか」

と寝入ってしまい、眼を醒ましたのは、昼近くであった。

「雨か」

窓の外を見てつぶやいたとき、スマホが鳴った。

「はーい」

いま陥《おち》っている状況など夢だというような呑気《のんき》な声であった。

「おれだ、南郷だ」

「あれれ」

「『C・スポット』で助けてもらった礼だ。あの媚薬《びやく》を持ってる女の居場所がわかった。おれはこれから行くが、かち合ったらあんたと殺し合いだ。できればおれより早くか遅くに来てくれ」

「気にしない気にしない」

とせつら。自分に言ったのか、南郷に向けたものかはわからない。

南郷はその後、風間ユミの居所を告げた。

さすがのせつらが、小さく、げ、と洩《も》らして沈黙した。


梶原〈区長〉の家にその女がやって来たのは二日前の晩である。

〈区庁舎〉からの帰り、突撃ラッパにあおられる兵士のように、彼は勇んで〈歌舞伎町〉の風俗店に突入した。家族はその日から一週間、海外旅行に出かけて留守であった。

個室に入って馴染《なじ》みの娘をリクエストすると、今日から一週間、海外旅行だと言われて、眼を剝いた。

その娘が休みの間、代わりにと、紹介状をつけて寄越《よこ》した風俗嬢がいて、

「梶原さんのこと、よく聞いてたらしいんですよ。この店で最初の客は、是非《ぜひ》とも梶原さんにお願いしたいと」

「ふうむ。しかし、あいつも困ったな。今日行くと伝えておいたのに」

「いいじゃありませんか。ここだけの話、あの娘より、ずっと上物ですぜ。指名料も張りますが、あの娘から、先生に紹介してくれれば、自分が戻ったときに、補塡するって話で。本日は無料で結構です」

いつもの梶原なら、ここでおかしい、〈新宿〉の話じゃないと思うところだが、梶原はためらわず、呼んでくれと申し出た。無料というのも気に入ったが、妙な予感がしたのである。ひどく濃艶で、危険で、それらを軽く一蹴《いっしゅう》する魅惑的なものが。

はたして、やって来た女は、ユミであった。

肉感的な全身から噴き出すオーラもあるが、梶原の脳を溶かし、それなりに頑強な理性の支柱をとろけた飴《あめ》に変えてしまったものは、女の全身から立ち昇る香りであった。高級な香水《フレグランス》のように濃厚では

ないが、そこはかとなく、その代わり、沁《し》み込むやそこから全身に淫らな蠱惑《こわく》の糸が広がり、絡み合って、いつの間にか、肉体が丸ごと、蜘蛛《くも》の巣にかかった昆虫と化してしまう。後は、食われるのを待つだけだ。

梶原はユミに溺れた。時間がきてもリピートを繰り返し、ついに家へ連れ帰ったのである。

翌日、〈区役所〉を休もうとしたが、ユミは出勤を勧めた。怪しまれてはまずいという主張を、梶原は怪しみもせず受け入れた。すでに脳まで侵《おか》されていたのかもしれない。

家を出る前に、ユミは香水を吹きかけた。

〈区役所〉にいる間、異常なく務めを果たせたのは、そのお蔭《かげ》だったかもしれない。

その晩、ベッドの中で香水について訊くと、

「私は香水の研究家兼調香師なの」

と答えた。

どんな香水をと訊くこともしなかった。ベッドの中でのひと吹きに、彼は脳まで欲情させ、肉欲の世界に溺れ込んでいった。

三日目の朝、二人の生活は破綻《はたん》を迎えた。

寝室を出て直行したダイニング・キッチンの椅子に、黒づくめの美貌が腰を下ろしていたのである。

「秋せつら——何をしている？」

叫ぶ梶原を無視した。

「用があるのは、あなただ」

せつらの眼の先で、ユミは不敵な微笑を浮かべてみせた。

3

「あら、どうしてバレたのかしら？」

不思議そうに尋《たず》ねる女へ、

「あなたは〈新宿〉中の眼に追われてる」

とせつらは答えた。

「ま、あれだけ派手なことやったんだから、仕方が

ないか」

　ユミはちろと舌を出して引っ込めた。人を食う鬼女とあどけない少女を兼ね備えた女だ。

「で、どうするの？」

「一緒に来てもらう」

「何処へよ？」

「取り敢《あ》えず〈メフィスト病院〉へ」

「それから――警察？　月並みじゃない？」

「ここにひと味加えてどうなる？」

「嫌だって言ったら？」

「言わないで」

「わかった。何処へでもお供するわ」

　せつらもうなずいたとき、

「いかん――これからいいところだ。邪魔するな」

　梶原が怒りに身を震わせて叫んだ。

「不法侵入で逮捕するぞ。〈魔界都市〉にも法はあるのだ」

「そうだっけ」

　せつらは軽くいなして、

「何かしたいのなら、お早く」

と言った。眼は梶原の右手と――握られた旧式のH ＆ K《ヘッケラー・アンド・コッホ》を眺めている。

「どうするつもり？」

茫《ぼう》とした問いに、揶揄《やゆ》の響きが含まれていた。

「わしは――この女と逃げる」

狂気の表情が、〈区長〉の顔を歪めていた。

「どちらへ？」

「う、うるさい。取りあえず〈区外〉だ。それから海外へ高飛びする」

「年齢《とし》を考えたら？」

「う、うるさい」

「あなたはどーする？」

　せつらの問いは、もうひとりに向けられた。

「どこまでも行くわ。愛する人と」

　眼つきといい口調といい、どう考えても冗談だが、血が昇った老人にはわからない。歓喜に震える老人を眼の隅に留めた。

「火に油を注ぐな」

とせつらは言った。

「逃げよう」

梶原はユミを促し、ドアの方へと向かった。ユミも従った。

「通報する」

とせつらは、スマホを取り出した。

梶原は方向を、ドア横右の壁面に変えた。

飾りのライトが付いている。それを下へ倒すと、壁のドアが開いて、エレベーターの内部が現われた。

「〈区長室〉にもあるわし専用の緊急脱出用エレベーターだ。尾《つ》いてくるな」

「早く逃げないと、突風が捜しに来るよ」

「やかましい」

ドアが閉まった。

せつらは慌《あわ》てなかった。二人には妖糸が巻きつけてある。地の果てまでも追跡可能だ。

だが、侵入した玄関から前の通りへ出たせつらの表情には、誰も気づかぬ驚きの翳があった。

下りる途中で妖糸が断たれたのだ。

その代わり——というわけではないが、梶原は自宅の玄関前で見つかった。通りの真ん中であった。

轢《ひ》かれる前に、彼の身体はタクシーの群れから空中へ跳ね上がり、玄関の真ん前に横たえられた。かなり荒っぽい横たえられ方らしく、これから数日、彼は背骨の痛みに苦しむことになる。


連絡を受けて急行した〈救命車〉に梶原を任せて、これからの手を考えているところへ、スマホが鳴った。

横浜「血風会」の郷平からだった。

「危《やべ》えことが起きてるんだ。力を貸してくれ」

切迫した声であった。

「どたの？」

　こっちは半分寝呆《ねぼ》けている。

「おれのもとの組——『血風会』のボスと幹部が皆殺しにされた。昨日一日でだ。下《した》っ端《ぱ》も次々に殺《や》られてるらしい。おれも危ねえ。この街なら何とかなるかもしれん。あんた、〝ミスター〈新宿〉〟って言われてるんだろ。頼むよ、何とかしてくれ。他に頼る相手がいねえんだ」

「警察へ行きたまえ」

「ここだけの話だが——相手は米軍だ。いくら〈新宿警察〉でもまともにぶつかっちゃ勝ち目はねえ。なあ、ここだけの話なら、まだ幾《いく》つもあるんだ」

「〈メフィスト病院〉へ行って、病名をでっち上げて入院したまえ。僕の紹介だと受付で言えばいい」

「わ、わかった。いま〈新宿警察〉の前にいるんだ。すぐに行ってみる」

「元気でね——」

　スマホを切って、せつらは宙に舞った。ビルの何処かに巻きつけた妖糸を使って、ターザンのごとく飛翔する姿を、地上の人々の幾らかは見ることがあるだろう。

〈旧区役所通り〉から、病院の敷地へ入ろうとした途端、眼の前に降って来たせつらに、郷平は声もなく尻餅《しりもち》をついた。通行人も飛び下がり、降って来た若者の姿を見て、よろめいた。

　すぐメフィストが出て来た。

「ここだけの話」

　とせつらは郷平に催促した。

　天与の美貌を二つ前にしたやくざは、恐怖の相とさえ言える表情で話し出した。但《ただ》し、この恐怖は、人間に理解し難い美しさを目撃したためだ。

「なぜアメリカ軍が、横浜のやくざを狙う？」

　とせつらが切り出した。

「あの媚薬のせいだ。あれは——米軍の兵器開発部が作り出したんだよ。もとはイタリアの何とかいう王国で調合された薬だったんだけど、米軍が古文書から作り方を解明した。けど、あまりにも危険だというんで、技術も完成品も破棄されることになった。それが寸前で情報が漏れ、スパイの手で、完成品の一部が持ち出された。おれが組から託されたのは、そのさらに一部なんだ」

「最初から知っていたのかね？」

　これはメフィストの問いである。郷平は恍惚《こうこつ》と、

「いや。今朝、おれを可愛《かわい》がってた幹部のひとりから連絡があったんだ。その人は〈新宿〉から電話くれたんだが、かけてる途中で殺されちまった。けど、大体のところは教えてもらったぜ」

「盗んだのはロシアかね？」

「いや、北だ」

「ほお、米軍の軍事施設に侵入して、極秘の廃棄物を奪取するとは、あの国もはしっこくなったものだ」

「何でも油断大敵ってこったな。これが、ここだけの話の全部だ。匿《かくま》ってくれ」

「受付では風邪を申告したらしいが、第一級憑依《ひょうい》患者とする」

　メフィストは、こう言って、郷平を安心させた。これで長期入院は約束されたことになる。地獄の魔王であろうと、院長の許可なくして退院はできず、させられず、黙《もく》して待つしかない。

〈警察〉を凌《しの》ぐ鉄壁の守りに、郷平は安堵《あんど》の溜息をひとつ吐くや、その場に昏倒《こんとう》してしまった。

　メフィストが脈を取り、眼球を調べて、

「極度の緊張と精神的疲労が一気にほどけすぎたのだ」

　と言った。

「後はよろしく」

　せつらは〈病院〉を出た。行く先は決まっていた。

　門の外で、頭上を見上げた。美貌に雨が当たった。ふりともいえぬ霧雨だが。

「これからひどくなりそうだな」

せつらは通りを渡り、やって来たタクシーに片手を上げた。

気がつくと、男が上に乗っていた。それ以外わからない。

熱い泥濘《ぬかるみ》が脳に変わり、全身から送られる刺激に応じて、ユミの肉体を官能の塊《かたまり》にしてしまう。

〈区役所〉の外で凄《すさ》まじい突風に巻き込まれて〈新宿駅〉近くまで運ばれ、後はタクシーで、〈西五軒町《にしごけんちょう》〉の一角にある廃ビルまで運ばれた——その記憶もなかった。

男は坂巻であった。

あらゆる情報網を駆使して、ユミが〈区長〉の下にいると知った彼は、即急行し、間一髪、せつらよりも早くユミを奪い取った。

そして、超加速のせいで疲弊《ひへい》しきった身体を休めてから、寝室へ横たえた彼女の肉体を苛《さいな》むことに決めたのであった。ここは、子分のひとりも知らぬ、個人の隠れ家であった。

侵入してすぐ、坂巻は下の女体が、信じられぬ逸品《いっぴん》と知った。

彼はすぐに達し、五分と経《た》たぬうちに復活し、もう一度抱いた。これも五分で勃《た》ち上がった。

行為はすでに四度目に及んでいた。

息も絶え絶えながら、なお屹立《きつりつ》する自分を、憎しみのこもった眼で見つめているうちに、ユミの意識が回復した。坂巻の催淫剤がようやく切れたのである。

「愉《たの》しんだようね、あたしを？」

憫笑《びんしょう》さえ浮かべた身体は、欲情のピンクに染まっていた。

「ああ。血まみれのステーキを食ったみてえだよ。おめえもよがってたろ」

「あたしは誰とでもああなるのよ。それより、ここへ連れて来た目的は薬？」

「ああ。あの媚薬だ。とんでもねえ品らしいな。何処にある？」

「内緒」

「なら、そうじゃなくなるまで、愉しい時間を過ごそうじゃねえか」

　脅し半分で放った言葉であったが、坂巻は胸騒ぎを感じた。女の笑みが、いっそう深まったのである。

「危ないと思わないの？」

　ユミが訊いた。

「あの媚薬——粉にも液体にもなるのよ。何処に持ち込んでるかわからないわ」

「そこは安心しな。連れて来てから、真っ先におめえの身体中を調べたんだ、九穴《きゅうけつ》っていうところは全部な」

「変態」

「何とでも言え。だが、おめえ何者だ？　おれも三日三晩女を泣かしっ放しにしたことはあるが、今度は感じが全く違う。おめえだけ平気でなわかるが、おれまで幾らでもできそうだ」

「あら、よかったじゃない？」

　ユミが艶然と笑った。

「ふざけるな」

　坂巻は大口で喚《わめ》いた。

「ひと晩で百人相手にしてもＯＫだったのが、もうへばってる。スタミナが切れたんじゃねえ。こいつが勃ちっ放しで、やりたくって止まらねえんだ」

「大したもンじゃないの。きっと、死んでも女を求めて勃ちっ放しよ」

「その笑い方は——てめえ、何かおかしな真似しやがったな？」

「無香料の香水ってご存じ？」

　ユミの口は耳まで裂けたように見えた。

「匂いがしないのよ。その代わり成分はあなたの毛穴から全身に浸透して勃起中枢を刺激し、何度イっても、勃つのが止まらなくなるの」

「なにィ？」

坂巻の声には怒りより恐怖が強かった。ユミの言葉が確かなら、彼はしたくなくとも果てしなく勃起と射精を繰り返すことになる。それがどれほどの苦痛を伴うかは、男のみが知るところだ。

「いつの間に、どうやって?」

「あたしの九穴は調べたと言ったわね。でも、唾まではチェックを怠《おこた》った、でしょ?」

「まさか」

「あたし、あの媚薬の匂いを嗅いでいるうちに、妙なことができるようになったんだわ。色々な香料を唾に混ぜて、相手に嗅ぎ取らせ、しかも、嗅いだとわからないようにさせることが」

「化物め」

喚くと同時に、坂巻の身体が霞《かす》んだ。超加速――マッハ10での脱出は、ユミの言葉を身体で理解したためか、それとも反撃に転じようとしたものか。だが、その身体はすぐに輪郭を取り戻し、全身のバランスを崩してベッドに崩れ落ちた。

「どっちが化物か、すぐにわかるわ」

痙攣《けいれん》を続ける男を、嘲笑《ちょうしょう》と侮蔑《ぶべつ》の視線で刺しまくりながら、

「これから役に立ってもらうわよ、短距離ランナー。敵はいくらでもいるからね」

そして、倒れてなお、ユミの肉体を求めずにはいられぬのか、ひょーひょーと嗄《か》れた息を吐きながら、ねじくれた手をのばしてくる坂巻の口へ、豊かな乳房を押しつけたのであった。

第六章　香り は何処《どこ》へ吹く

1

夜明けの光が世界に満ちつつあったがそれを待っていられない人間もいた。

〈四谷〉ゲートを渡る前に、せつらは米緊急戦闘局のアジトを確認済みであった。

赤坂の米大使館の三軒隣のビルだ。一見何の変哲もないビルだが、見るものが見れば、屋上のドームのひとつは三次元レーダーと超高度センサーを兼ねているし、もうひとつは、対空ミサイル・ランチャーであることがわかる。

明け方前でも、レーダー連動のAIが、近づく者を区別なく捉え、記憶しているだろう。

世にも美しい若者が、六本木《ろっぽんぎ》方面からやって来て、ビルの前を通り過ぎたとき、それを確認したのは、出入口の庇《ひさし》上に取りつけられたビデオ・カメラであった。


せつらは低く、うーむとつぶやき、ビルの前を過ぎて、通りを二本渡ってから右へ折れた。その先の三本目を右へ曲がって、しばらく歩くと、例のビルの背後に出た。窓ひとつないコンクリートが打ちっ放しの背にも、カメラは五台も隠してあった。鉄のドアがひとつ。

せつらは妖糸で鍵を切断し、素早く侵入した。カメラはすべて電源コードから断ってある。これだけで異常ありとわかる。手間取れば、たちまち警戒網の真っ只中《ただなか》だ。

だが、せつらはすでに目的地を確認していた。


ハルク・ガンサー中将は夢を見ていた。

途方もなく美しい何者かと食事を摂《と》っている夢であった。それが済めば、彼らはシャワーを浴び、ベッドを共にする。眼前でステーキを口に運ぶ何者かの美しさが、中将の脳を極限までとろかし、どろどろの淫液と化せしめていた。

自分が夢を見ながら、笑っていることを、中将は意識した。

眼はそこで醒《さ》めたが、彼はまだ壺中天《こちゆうてん》にいるような気がした。

本当にそうだった。枕元に立つ人影は、夢でもなければ巡り会えっこない美貌《びぼう》を中将に向けていた。中将が取り乱しもせず、侵入者と対峙《たいじ》できたのは、このせいであった。

「——おまえは……」

「秋せつら」

と侵入者は名乗った。英語であった。

「そうだ——そうだったな。……しかし、ここまで美しい人間がこの世にあろうとは……」

中将の感嘆と驚きの呻《うめ》きに、

「どーも」

とせつらは応じた。

「要求があって来た。えーと、この一件からアメリカは今すぐ手を引け」

まだ夢を見ているような精神状態で、中将はイエスと言いかけ、あわてて中止した。

「そんなことはできん」

必死に米軍中将の貫禄と権威を維持する声を出そうと努めた。

「どして？　責任者だろ？」

「だからだ。あの媚薬は根こそぎ抹消しなければならん」

「自分たちでこしらえといてよく言うね」

「今さら責任の所在を言い合っても始まらない。とにかく見つけて処分する。それ以外は考えるな」

「あの媚薬の力を消す薬はないの？」

「今のところなしだ。あればこんなやり方はしておらん」

「駄目か——それじゃ」

せつらは行動に移った。

すでにこのビルのあらゆる室内に侵入させておいた妖糸は、その中枢を破壊すべく動き出す——

だが、凄《すさ》まじい風が彼を部屋の隅まで吹きとばした。轟音《ごうおん》のような風音が室内を駆け巡った。

中将もせつらの隣に激突しかけ、横からの猛風に窓際へ持って行かれた。

「また、風人間か」

せつらは壁から滑り落ちながら、つぶやいた。骨は砕け、内臓はすべてつぶれたはずが、平然たるものなのは、無論、妖糸がスプリングのようにカバーしたからだ。

ベッドも毛布も動くものすべてが宙を舞う彼方《かなた》に、失神した中将が横たわり、黒い防禦服《ぼうぎょふく》で全身を覆った人影が立っていた。

「秋せつらか。さすが大胆な真似《まね》をする」

精妙な日本語イントネーションの褒《ほ》め言葉だ。電子翻訳機による発音の不備をわずかに含んでいた。

「そちらは？」

「戦闘局実戦部隊のアドラー兵曹だ。中将殿の周囲を監視するのが任務だ。おまえの侵入は最初から分かっていた」

「それなら、ひと声かけてくれればいいのに」

「そうしたら、どうする？」

「次の機会を」

「おかしな奴《やつ》だな」

兵曹の声に笑いが含まれた。

「それだけの色男で、おかしなユーモア持ちか。さぞや女にモテるだろう」

「それ程でも」

せつらは頭を掻《か》いた。どういうつもりか、さっぱり分からない。

「だが、侵入者である以上――帰せんぞ」

「ここで？」

「そうだ」

言うなり、兵曹の姿が消え、同時に、ぎゃっと叫んで、また現われた。一メートルほど前方に、左手で押さえた右の拳から、鮮血がしたたり、床で小さく撥《は》ねた。

「動くと真っ二つ」

とせつらはのんびりと口にした。これほどふざけた、それでいて不気味な脅し文句があるだろうか。

「今度動くと二人分首が落ちる」

超高速に入ろうとして兵曹の動きが停《と》まった。脅しではないと悟ったのだ。

「任務の邪魔して悪いけど、中将殿は連れて行く。しかし、風人間が三人とは」

言うなり、せつらと中将の身体《からだ》は真っすぐ上空へと浮かび上がった。

すでに切り裂いてある天井を片手で押し上げて屋上へ舞い上がった。

着地はせず、前方のビルの屋上へと走る。

妖糸は次々に新たな窓枠に巻きつき、或《ある》いは壁を貫いて緊縛《きんばく》し、せつらの飛翔《ひしょう》を可能とした。

〈四谷ゲート〉まで数メートルの地点で、せつらはふり返った。

背後から追尾する気配があった。

五〇〇メートル――四〇〇――三〇〇――速い。

刺すような殺気が背に当たった。同時にせつらは左手の糸を操った。下方にぶら下がった中将の身体が、発条《ばね》仕掛けのように跳ね上がって、背中をカバーする。殺気と敵が反転した。

せつらは空中で停止し、背後を見つめた。

一〇メートルほど後方に、ゴーグルとマスクをつけた男が滞空していた。首から下は、中将の寝室で出くわした兵曹殿と等しい黒い防御服である。背中に薄いバッグ――磁場推進装置だろう。

「どちら様？」

と訊《き》いた。

「実戦部隊のランドルフ曹長だ。まさか空を飛ぶとは思わなかったので、追尾が遅れた。しかし、もう逃がさん」

「ここで闘《や》り合うと中将殿は〈亀裂〉へ落っこちるけど」

「離せ」

「ベー」

と答えた刹那《せつな》、せつらは前方に複数の物体を感知した。せつらの勘も及ばぬ勢いで急上昇してきた二つの飛行体は、せつらの両胸を、長さ五ミリ、太さ〇・〇一ミリのステンレスの針で貫いた。

「痛《つ》う」

と呻《うめ》くせつらへ、

「前もって待機させておいたドローンよ。おれの脳波に従って動く。米軍でも三機だけだが、今回の任務で功を上げれば、いずれ、全軍に行き渡るだろう」

「それはそれは」

せつらは苦しげに息を吐いた。

「残念でした」

その身体が中将もろとも垂直に落ちた。

あっ、とランドルフ曹長の声が響いた。

中将の身体が途中で停止する。もう一機のドローンが、中将の前方にこしらえた磁場の中に、彼を捉えたのだ。

だが、機体は斧《おの》で割られた竹のようにすっぱり切断されて、二つの身体ははるか下方に開いた〈新宿〉を囲む幅二〇〇メートルの口腔《こうこう》の中へ落下していった。

「おのれ！」

喚《わめ》いてこれも降下に移ろうとするランドルフ曹長の耳の中で、

「深追いするな」

実働部隊指揮官メッツェン・タスキー大佐の声であった。

「――しかし、このままでは」

「〈亀裂〉の上まで来たら、あとは向こうの領土だ。そのドローン、残りの一機と合わせて、四〇万ドルの費用がかかっている。勝目を探ってから再戦だ」

「了解」

空飛ぶ兵士は〈新宿〉に背を向けると、残るドローンはこちらも向きを変え、次の指令を待つべく光

に溶けはじめる〈新宿〉の空へと消えていった。

〈亀裂〉を一キロほど降下後、せつらは敵の不在を確認してから〈メフィスト病院〉へと宙を駆った。


「これは近年難しい大物を」

薄く微笑《ほほえ》むメフィストへ、

「あーしんどー今晩泊めてくれ」

と肩を叩《たた》きながら、せつらは申し込んだ。

「それは構わんが、あの媚薬《びやく》——ますますその香かを発揮しているぞ」

と言われて、

「はあ」

「一時間ほど前から、あちこちを食われた男女が、次々に来院中だ。魔獣や妖霊ではなく、人間にやられている」

「わお」

「警察も大あわてだ。もう少し起きていろ。じきに、〈署長〉と〈区長〉が来る」

「任せるよ。起きたら結果を教えてくれ」

メフィストは珍しく肩をすくめて、インターフォンへ、一床の準備を命じた。


一時間以内に梶原〈区長〉が到着し、メフィストの手でガンサー中将の失神が解けると、せつらも起こされた。

そこで「王妃マーゼンの唾《つば》」の由来が明らかにされ、梶原は〈新宿〉の全警察力を、風間ユミの捜索に当てることをメフィストに約束した。ガンサー中将はひとりNONOと叫び続けたが、メフィストは、ある情報を流した。中将はたちまち、手を引くと約した。

この後、せつらが何を見せたと尋《たず》ねると、白い医師は、

「媚薬を嗅《か》いだ人間の末路だ」

と言った。

「食人現場か？」

「そうだ」

「しかし、何処《どこ》から手に入れた？」

「収集したデータから造り上げたものだ」

「出鱈目《でたらめ》だな」

「擬似イベントと言いたまえ」

「何にせよ、中将は手を引くと言ったんだ。よっぽど凄《すご》いのを見せたな」

「見たいかね？」

「真《ま》っ平《ぴら》」

「ならそれでよかろう。後は媚薬の犠牲者を救出するだけだ。健闘を祈る」

せつらは無言で寝室へ戻った。

これで米軍の介入は排除され、残る敵は二人の加速人間——坂巻と南郷に限定されたことになる。

「お寝《やす》み」

次の瞬間、スマホが鳴った。

仕事柄、無視はできない。こう見えて、せつらは、手堅い仕事ぶりを自負しているらしかった。

「はい」

声もしっかりしている。

「おれだ、坂巻だ」

「おやおや」

今、あの香水女と一緒だ。〈高田馬場〉の女魔道士に言われて、〈区長〉の家に張り込んでた甲斐《かい》があったぜ。お蔭《かげ》でだいぶ高くついたがよ。あのでぶ女、足下見やがって。とにかく、この女と会いたけりゃ、今日の正午〈新宿御苑〉の北の外れにあるビニール・ハウス前へ来い、と言う。

「了解」

と応じて、せつらはスマホを切った。

それから、ぐっすりと眠った。

朝食兼昼食は、〈メフィスト病院〉のレストランで摂った。蟹《かに》チャーハンである。

スタッフも患者も付き添いも、遠巻きにして眺《なが》めている。無視しようとしても、眼は自然にせつらに吸いつけられてしまうのだ。

付き添いらしい男の子が、

「ボク、あのお兄さんと同じメニューが食べたい」

と言い出し、

「もう注文しちゃったでしょ」

とたしなめる母親に、

「やだやだやだ」

とぐずり始めた。

同時にあちこちで、蟹チャーハンがいいの声が上がり、合唱になった。

親たちが怒るかと思えば、

「——ま、いいか。あたしも蟹チャーハン」

「おれも」

次々に妥協者が現われ、厨房《ちゅうぼう》のコックは頭を抱えた。外では予報を無視して降り出した雨に、もっと多くの人々が頭を抱えていた。


正午五分前、せつらは指定された黒いビニール・ハウスの前に到着した。

一本一〇〇〇円のビニール傘を差している。〈メフィスト病院〉で購《あがな》った新品だ。

〈新宿御苑〉——〈魔界都市〉でも一、二を争う奇点である。

〈重要危険地区〉に指定されながら、〈危険地帯《デンジャラス・ゾーン》〉に分類されてはいない。しかし、その危《やば》さが、〈最高危険地帯《モースト・デンジャラス・ゾーン》〉に及ぶのは、〈区民〉の誰もが知るところだ。

〈魔震《デビル・クエイク》〉前は年間二〇〇万近い人々が訪れた観光のメッカも、今では〈区〉が敷設《ふせつ》した〈安全歩道〉を歩く観光客たちの姿が仄見《ほのみ》えるばかりで、それも全員危険地点は避けている。

だが——

せつらが立つ周囲は、華麗な色彩の国だ。〈区外〉の植物学者が何度も挑み、ついに分類不可とされた花々が絢爛《けんらん》と咲き乱れ、その殆《ほとん》どが、人類が見たこともない異次元の色彩を帯びているのであった。毒はない。だが、見つめているだけで、存在しない色彩は、人間の眼から脳を犯し、その香りもまた鼻孔から侵入して、人々の五感を狂わせはじめる。

人はここに来てはならないのだ。

2

せつらは正面から入って、指定された北の端へと向かった。

〈メフィスト病院〉を出たときから、ぱらついている小雨には変化がない。

「しめしめ」

歩道を歩きながら、こうつぶやいたのも無理はない。〈新宿〉にとって、あらゆる自然現象は、魔性への恩恵といってもいい。〈影人《かげびと》〉は雨に煙《けぶ》る人影のように人々の背後に取りつき、殺戮《さつりく》を行なわせるし、〈雨タク〉——雨中から忽然《こつぜん》と現われる魔性のタクシーに乗車して、その姿を消した人々は数知れない。秋せつらでさえ、雨音のリズムにふと、眠気を誘われることがある程だ。

左方へ眼をやった。メットを被った若者が、750《ナナハン》CCのでかいバイクを押している。長いこと今のままだったらしく、革のつなぎもヘルメットもびしょ濡《ぬ》れだ。

ちら、とせつらを見て、たちまちとろけた。疲れもいらだちも雨の彼方だ。

「お兄さん——いい男だなあ」

声も上ずっている。

「こんな危ねえとこにいても、それだけ綺麗《きれい》な顔してんなら、何にも怖くねえよな。おれなんか参っちまうぜ。もうどれくらい雨に降られてんだよ」

「〈魔震〉から？」

とせつらは訊いた。

「そうなんだ。あの日、彼女とここでラブラブしてたら、木が倒れて来て、二人ともぺしゃんこよ。幸い彼女の身体は、何日か後に来た救助隊が運んでってくれたんだが、なぜかおれは見つけてもらえなくて、こうやってうろついてるのさ。晴れてるときゃぁいいが、今日みてえな日は、心底うんざりするぜ。ところで、あんた、仲間じゃねえよな？」

「残念」

若者は天を仰《あお》いだ。

「あんまりいい男なんで、ふとそう思ったが、そうだよな、生き生きしてるもんなあ。あの匂い、あんたが出してるんじゃねえかと思ったよ」

「どんな匂い？」

「おれみてえのだって、フラフラした程だ。あんたが出してたりしたら、〈新宿〉中の奴らが押しかけてくるぜ。おれだって、勃《た》っちまったんだからよ」

既に死んだ人間まで欲情させる香りは、「王妃マーゼンの唾」しかせつらも知らぬ。

「いつから？」

「今朝――一時間ばかり前からだ。見てみなよ、その辺の連中もみんなやられてるぜ」

木立ちの向こうで、絡み合う影たちにはせつらも気づいていたが、匂いまでは感じ取れなかった。

幽鬼たちまで狂わせる媚香なら、人間など苦もなく淫鬼に変えてしまうだろう。

「お、また強くなってきた。ここにいる連中はみんなやられちまうぜ。おれも相手を探して来らあ。あんたじゃ綺麗すぎて、手も足も出ねえ」

若者はバイクにまたがった。

すぐにノーズが悪罵《あくば》を放ち、

「じゃあな」

と片手を上げてせつらの下を離れた。

あちこちで、官能の叫びが上がりはじめた。まともな人間も含まれているかもしれない。

せつらは足を早めた。

五〇メートルほど進むと、芝生の上で絡み合う男女が見えた。

押し倒され、ブラを持ち上げられて乳房を吸われているのは、常人――〈観光客〉だが、上衣《うわぎ》姿の中年男は、悪霊であった。

女が悲鳴を上げた。乳房から赤いものが喉へと流れる。嚙《か》み切られたのだ。

「始まったか」

せつらのつぶやきが終わる前に、男の首が飛んだ。

もっと凄まじい血しぶきを上げて、女の上に倒れ込む。ゾンビの一種だろう。

男の胴体を押しのけて、出入口の方へと走り去る女を、せつらは見ようともしなかった。

さらに数分歩くと、前方に黒いビニール・ハウスが見えてきた。

目的地だ。小さいなりとも、他では絶対に見られぬ植物園である。

「一分前」

とせつらは、時刻を口にした。

あと一〇メートルというところで、内部から人影が現われた。

せつらの方を見返して、

「よお」

と片手を上げる。顔馴染《なじ》みの管理人であった。

〈魔震〉前から変わらぬサロペット姿だ。

「どーも」

と一礼して、せつらは彼の前に立った。

「います？」

と訊いた。

「ああ、ひとりな。さっき、おかしな匂いのする香を焚《た》いてたよ」

それを嗅いでも平然としている奇妙な老人へ、

「身体はよろしいので？」

訊いてみた。おくびにも出さないが、よくよく好奇心をそそられたらしい。

老人はせつらの胸に右手を伸ばして来た。手は背まで抜けた。

引き戻してから、

「寝ているところを〈魔震〉にやられて、気がついたらここにいた。それからずっと植物園の番人さ」

「お疲れ様」

きわめて珍しいことに、せつらの声には心がこもっていた。

「なんのなんの――さ、早く行きなさい」

「では」

せつらは植物園の奥へと進んだ。空気は春の暖かさと秋の清涼さを兼ね備えているのに、通路の左右に立ち並ぶ植物は、どれひとつまともなものはない。せつらの顔へと自身に巻きつけた蔓《つる》を伸ばしてくる〝蛇体蘭《じゃたいらん》〟や、茎《くき》の内側に飼っている飛行虫を操って、せつらの肉を切り取ろうとする〝コウクウボカン〟。粉末状の操り毒を放って、せつらをコントロールせんとする〝コントローラー〟、矢鱈《やたら》と毒液をとばして、視力を奪う〝メトリ〟――その毒々しい色彩の間を、せつらは進んで行く。五メートルごとに、「脱出席」が設けられているのもむべなるかな。

ちょっかいを出してくるそいつらを、ことごとく縦横十文字にかっさばいて、せつらは五分ほどで奥の一室に達した。

刺激的な匂いが鼻をつく。

奥に瓶を並べた小卓があり、その向こうに坂巻が腰を下ろしていた。

手にした瓶の中身のせいか、恍惚《こうこつ》とした表情であった。せつらの顔を見る前に同じ反応を示したのが面白い。

ぼんやりと、

「よく来たな」

と言った。恍惚たる顔つきの原因は別のものに変わっていた。せつらの顔に。

「こりゃ、いかん。見てるだけで降参したくなっちまうぜ。早いとこ片づけなくちゃな」

「風間さんは何処？」

坂巻の台詞《せりふ》など聞いてもいないふうである。

「別のとこでおれたちの様子を窺《うかが》ってるよ。おれは鉄砲玉だ」

「眼つきがおかしい。表情が死んでいる。香りの被検者に成り下がったな」

せつらはこう告げた。美醜《びしゅう》は別として、顔だけ見れば、茫洋《ぼうよう》さでは、こちらもひけは取らない。

「被害はもう出てる。やめてくれないか」

坂巻は笑った。

「よせやい。面白くなるのはこれからだ。この街の香りが世界を破滅させる――これくらい〈新宿〉にふさわしい出来事があるかよ」

「それはそうだけどね。〈区外〉の連中が怒って、ミサイルでも射《う》ち込まれたら困るし」

「そんなもの〈亀裂〉が呑《の》み込んじまうさ。それよりどうだい、効いてきただろ？」

せつらは額に手を当てて、

「熱いな」

と言った。


「ほうれ見ろ。どんなにいい男だって、この媚薬の匂いからは逃げられやしねえ。じきに、やりたくて堪《たま》らなくなるぜ」

「このために――僕を……呼んだ？」

「ああ。〈新宿〉の象徴でも、この薬の力からは逃げられねえって宣伝さ。しかし、もう少ししたら、おめえは通りがかりの人間を襲って食らいはじめる。ばっちりスマホに撮って、流してやるさ」

「風間さんは……どこ？」

「ああ、今は天上にいるよ」

上眼遣いになる坂巻へ、

「気球住宅」

「ほお、適中だ。天の上から下々《しもじも》の者を見下ろしてるって寸法さ。そのうち、香りの雨が降り注ぐかもしれねえよ」

「何号？」

「そいつは教えられねえな。そこで凄いのを調合中なんでな」

「でも——教えてもらわないと」

次の瞬間、坂巻は消え、せつらの右方に出現した。同時にもうひとりが左方に現われる。

荒れ狂う風の中で、やくざは大笑した。

「分身の術だ。どれがおれかわかるかい?」

全員の問いであった。

超高速で移動しながら、ほんの一瞬停止すると、そこに像ができる。それを繰り返せば、前の像が消える前に、新たな像が出現し、無数の坂巻が誕生するのだった。

「どうだ、得意の糸か何かで、おれを捕らえられるかよ?」

「困ったな」

「だろ? ほら、薬が効いてきたぜ」

こう聞く前に、せつらは床に崩れ落ちた。

その足下で、無数の坂巻は風を巻いてひとつになった。

ぐるりを見廻《みまわ》し、

「しかし、おれが内部《なか》で暴れ廻ってもビクともしねえのか、このボロ屋は? 大したもんだぜ。さてと——」

彼は小さなテーブルの上に置かれた木の枠のところへ戻った。

数本の試験管が立っている。どれも半分以上、黄色い液体が占めていた。

一本を取り上げて嗅いだ。

うっとりと。全身がわなないた。

「なんていい匂いだ。おお、こんなになっちまったぜ」

と股間をまさぐる。

「この試験管の中身は、媚薬の新作でな。この温室にしかねえ花から取れるんだそうな。確かにそのとおりだったぜ。なあ、まだ息はあるんだろう? これ飲んでみなよ」

まさぐりながら近づいて来た。

その背後のドアが開いて、品のよいベージュのスーツ姿が入って来た。

「そこまでよ、あなたの仕事は」

「え?」

坂巻がふり返って、ぼんやりとユミを見つめた。

「これは——せつらはおれに任してくれたんじゃあ」

「だから、そこまで。この温室で育てられていた芳香草のひとつが、媚薬の効果をさらに強化する。あなたはそれを使って、この人を斃《たお》す——仕事は終わったわ」

「おい」

ユミの唇がかすかに尖《とが》った。

坂巻はよろめいた。

糸のように吹きつけて来た吐息の香りに刺激されたのである。

「感じてきた?」

とユミは薄く笑った。

「早く逃げないと、警官に殺されるわよ。もう呼んであるの。〈区長〉を襲った犯人がいるって」

「何しやがる⁉」

激怒の声の周囲で風が渦巻き、坂巻の身体はぼおと霞《かす》んだ。

戻った。

「足下がふらついているわ。さっさと逃げなさい。追いかけっこしたら、警察のほうが早いわよ」

凄まじい激怒の顔が、歯を剝《む》いて後退した。せつらの入って来たドアを通って消えた。

「なんじゃね、あれは?」

管理人が顔を出して訊いた。

「色迷いの旋風児《せんぷうじ》よ。ありがとう——お礼よ」

テーブルに置かれたカードを見て、

「これはこれは——ここの管理局に渡しておこう」

「そうか——あなたには必要ないものね」

二人は顔を見合わせて笑った。

「彼はどうする?」

倒れたせつらを老人が指さした。

「引き取るわ。駐車場にレンタカーがある。そこまで運んで」

「オッケ」

老人はせつらを抱え上げた。

「こんな色男に触れるなんて、化けて出てよかったわい」

にんまりと笑うのに合わせて、ユミもまた微笑を浮かべたのである。


〈大京町〉の廃棄されたマンションのひと部屋が、ユミの隠《かく》れ家《が》であった。

だが、室内は壁面照明の明かりが満ち、洒落《しゃれ》た家具とインテリアで飾られている。高給取りの独身女性の部屋を思わせた。

二日ばかり前に売り出された『イメージ・ルーム』である。

スイッチひとつで茫々《ぼうぼう》たる空室が、今のようなゴージャスきわまりない空間に変貌する。勿論《もちろん》、ソファもベッドもキッチン用品も照明もすべてまやかし――幻影だ。だが、〈新宿〉の個人会社が造り出した幻は、手に取ることもできる質量と実質感とを備え、トイレもシャワーも完全に機能する。使用料は高価《たか》いが〈区外〉の貸しマンションよりは、はるかに快適な住み心地《ごこち》が約束されているのだった。

タクシーに積んである身障者運搬ロボットを返して、ユミはソファの上のせつらを見つめた。

苦悩の色がその美貌を猛烈に曇らせたのは、〈新宿御苑〉を出て以来だ。

「連れては来たけれど、どうしたものかしら」

その眼に殺意が宿ったのは、タクシーに乗せてすぐだ。それきり出て来ない。

「殺すつもりでおびき出したのに、結局は駄目。なんてだらしのない女だろう」

こうごちたとき、スマホが鳴った。

「あら、会長、ごめんなさい、いま取り込んでおりまして。片づき次第、ご連絡いたします。あら、そんなこと仰《おつしや》らないで。会長がいちばんなのは重々承知しております。ですが、これ、私どもの計画に関わる大問題でして、ええ、お詫《わ》びは勿論いたします。それを楽しみにお待ちください」

向こうはなおも継続したがったが、ユミは薄笑いを浮かべながらスマホを切った。

そして、床上のせつらに眼をやり、あっ、と叫んだ。

彼はソファにかけていた。

眼は閉じられている。

それが開いた。

自分の呻き声を、ユミは彼方に聞いた。

「……あなた……」

「目醒めの朝」

とせつらは、眠くもあり眠くもなさそうな声で言った。

3

突然の逆転劇に、しかし、ユミは愉《たの》しげな笑みを見せた。

「やっぱり、私なんか及びもつかないのね、秋せつらには」

「解毒剤がまだ入ってる」

せつらは欠伸《あくび》をこらえて鳩尾《みぞおち》の下を叩いた。メフィストの針金のことか。

「あの薬の使い方に凝《こ》りだしたね」

「わかる？」

「バレたか。誰だかわかる？」

「電話の相手がパトロン」

「〈新宿〉の金持ち」

「よくできましたね、せつら君。そんなに優秀な生徒だったかしら？　先生に指されても、寝呆《ねぼ》けたような返事しかしなかったのにね」

「昔話はおしまい」

せつらは、のんびりと言った。今の二人の時間はもう別のものなのだ。

「どうしたいの？」

「媚薬の在庫をすべて焼き尽くし、製造をオフにする」

「正統なやり方ね。でももう手遅れよ。薬は〈新宿〉中に出廻っている。じき〈区外〉へも搬送されるわ」

「〈魔界都市〉の公務員が、みな魔性に憑《つ》かれてるわけじゃない」

せつらは右手を天井へ向けた。

何処かの一室でリーマンたちが峻険《しゅんけん》な表情でPCを叩いている。ディスプレイが出た。数字と特殊な記号で意味はわからない。

「その道のプロが見ても意味不明だけど、〈区内〉に流れ込む麻薬や毒物の取り締まりを担当する〈区役所麻薬課〉だ。今日だけで百に近い品を足止めして没収」

炎に投げ込まれる袋や箱が現われた。

「――ただちに焼却する」

また光景が変わった。

倉庫らしい空間で、警官とギャングのような男たちが銃撃戦を展開中だ。吹っとんだケースから粉状のものが床にぶちまけられている。麻薬に違いない。

幾《いく》ら大がかりな暴力組織といえど、真っ向からぶつかれば、公権力には及ばない。アンドロイド・ポリスが弾丸やレーザーを弾《はじ》き返しながら、大口径マシンガンと格納ミサイルで、防御バリヤーを貫通し、ギャングたちを薙《な》ぎ倒していく。床も壁も血の海だ。

「もう結構」

ユミが溜息《ためいき》をついた。

「も少し」

今度は独房らしい場所に、十代の娘が閉じ込められている。

鉄扉《てつぴ》が開いて、屈強な男がひとり入って来た。白衣を着た看護人である。

いきなり娘がとびかかった。看護人の首筋に牙を立てるや、鮮血が噴《ふ》き上がった。

「頸動脈《けいどうみやく》」

とせつらが説明した。

よろめく看護人が、娘の髪を摑《つか》んで引き離し、床へ叩きつけた。

同時に娘は跳躍し、肩にかぶりついた。

「嚙んでない」

娘は肩の肉を食いちぎるや、頭を上下させて飲み込み、顔面に歯を立てた。眼窩《がんか》の骨が鼻ごと食い切られ、頬骨もかじり取られた。

骨も肉も一切咀嚼《そしやく》せずに娘は次々と男の形を失わせていった。

「ここまで」

部屋は豪華な別世界に戻った。


「看護人は合成人形だが、娘はあの媚薬の犠牲者のひとりだ」

「…………」

「もう一〇名が発見されている。普通の警官が四人死んだ。つまり骨にされた」

「お気の毒ね」

ユミの声は冷酷であった。

「実はあと二人犠牲者が出ている。九歳の男の子と七歳の女の子だ。ご意見は？」

茫洋とした声に、ユミは全身をこわばらせた。何を感じたのか。

「運命よ」

せつらはうなずいた。

「正解だ。薬は何処にある？」

「みんな輸出したわ」

その全身が硬直した。骨まで食い入る痛みに全身が機能不全に陥《おちい》る。意識だけが残った。

「何処だ？」

せつらが重ねて訊いた。

ユミの眼が喪神《そうしん》の渦中《かちゅう》で見開かれた。

眼の前にせつらがいる。

どこから見ても秋せつらだ。

だが——中身が違った。

「私と会ったことがあるか？」

冷厳《れいげん》なる声がユミの耳孔から全身に沁《し》み渡った。

ユミの唇が動いた。動く必要もない。動かしたくもない。しかし、動かずにはいられなかった。

「一度、だけ」

「…………」

「あなたが……学校で……麻薬を売っていた……数学の先生を……真っ二つに……したとき……に……やっとわかったわ……こうやったのね」

「薬は何処だ？」

「案内……するわ」

ふっと地獄の痛みが消えた。地獄の分だけ。あとは変わらない。声ひとつ出せないのだ。


「ハンドバッグを」

「要《い》らない」

不意にドアが吹っとんだ。

ドアから入って来たのは黒人であった。

「アメリカ？」

とユミが訊いた。瀕死《ひんし》の病人の声である。

「そうだ。いま〈新宿〉には、千機の偵察ドローンが飛び廻っている。簡単に見つかったぞ」

「で、どうする気？」

「薬は何処にある？」

「あら、あなたたちも同じ？　あんなもの、すぐに分析して同じ品が作れるんじゃないの？」

「九割九分までな。だが、肝心の一パーセントを構成する成分が分からねえそうだ」

と黒人は言った。

「薬は渡したわよ」

「いいや、あれには手が加わってる。完全な品を渡してもらおう」

「アメリカ軍も堕《お》ちたわね」

「来い」

黒人の背後から、十人近い男たちが侵入して来た。Ｓ＆Ｗ《スミス・アンド・ウェッソン》社のＳＭＧ《サブマシンガン》を構えている。榴弾筒《りゅうだんとう》付きだ。

「どけ」

とせつらが言った。

「殺せ」

黒人が命じた。銃声は起こらない。男たちは一瞬で動けなくなったのだ。

驚愕《きょうがく》と怖《おそ》れの表情を殺してふり向いた黒人の身体も、また硬直した。

「ドローンの情報はおまえたちのところへ入るのか？」

せつらが訊いた。

「ああ……必要だと……本部が判断したものは……な」

「これから、薬を取りに行くが、尾行されているなら、ドローンは外せと伝えろ。でないと殺されると」

「わかった」

一も二もなく黒人は従った。それほどの苦痛なのだ。全身汗まみれだ。

「では――みんな出ろ」

「連れてくつもり？」

ユミがせつらを見た。

「嚙み合わせるつもりなのさ」

黒人がヤケクソ気味に言った。

「他にも薬を狙っている多国籍スパイがいる。おれの部下を用心棒に使うつもりだ。そうだろ？」

そして、天を仰いだ。白眼を剝いている。せつらにしてみれば、無駄な会話なのだ。

外へ出て、せつらとユミは、黒人と同じリムジンに乗った。二人は後ろ。ハンドルは黒人が握った。

あとの連中は残り四台の車に分乗した。

「何処までだ？」

黒人が訊いた。

「〈新宿通り〉へ出て、〈外苑《がいえん》東通り〉へ入りなさい。あとは北上」

とユミ。

雨はやや勢いを増したように見えた。

三人とも無言である。

他の車も同じだろう。せつらの妖糸の効果は途切れることなく続いているのだった。

「ひとつ断わっとく」

黒人が呻くように言った。

「おれの他に三人——戦闘部隊員が、薬を追っている。本部の指令も無視して任務を遂行する連中だ。おれがいるからといって、攻撃の手は緩《ゆる》めんぞ」

「あんたがいなくても、目的地までは安全よ」

とユミが言い返した。せつらは無言のままである。美しい妖気がそこにわだかまって、人の形を取っている——そう見えた。

不意に車が沈んだ。


道路が陥没したのだ。

ぐんぐん傾き、落ちていく。

「何だ、これは⁉」

黒人が喚いた。

亀裂が狭まってきた。

「つぶされるわ！」

ユミが呻いた。

「おれがやる。手を自由にしろ」

黒人が叫ぶや、上衣のポケットから、小さな瓶を取り出した。

ウインドーを開けながら、瓶の中身を口に含み、吹いた。

噴霧のようにそれが窪《くぼ》みに広がった刹那、陥没は激しく震え、三人を車ごと吐き出した。毒をもられた生物のように。

数メートル前方へ舞い下りた車のルームミラーを見上げ、黒人は愕然とふり返った。

後続車が二台に減っている。こちらは脱出できなかったのだ。

「行け」

せつらが言った。

黒人が固まったのは、新たな糸の痛みとこの声のせいだったかもしれない。

ハンドルを握ったまま、

「今のは何だ?」

と黒人が訊いた。怯《おび》えてはいないが、驚きと怒りがこもっていた。

「多分、〈新宿〉のお怒りよ」

ユミの声は落ち着きを取り戻していた。

「私たちが何を企《たくら》んでいるか、この街にはわかってる。それで天罰を与えに来たのよ」

「やれやれ」

「あなたよく切り抜けたわね。その瓶の中身は聖水?」

「正しくは〝万能水〟だ」

と黒人。

「何処かで読んだわ。確か〝ノアの方舟《はこぶね》〟が関係していない?」

「ああ。ノアが方舟を完成させたとき、その祝いとして神から賜《たま》わった聖水だ。いかなる悪魔の力も撃退できる。〈新宿〉の魔《イーブル》も例外じゃなかったな」

苦しげな呻きの中にも自負が感じられた。

窓にぶつかる音が、ユミをふり向かせた。

「凄い降りになってきたわ。みんな霞んでる」

濡れそぼったガラスの向こうの景色は、すべて墨絵のように滲《にじ》んでいた。

「止めて」

せつらが命じた。

「え?」

と言いながらも、ブレーキを効かせた。

車は停止した。

「後ろの車はいる」

とせつらは言った。

ユキはふり向いて、ええと応じた。

「左右をごらん」

眉を寄せながら、ユミは従った。黒人も続いた。

「こいつは……」

と呻いたのは黒人のほうだった。

「〝ミラー・リスク〟。ディーバット軍曹の超能力だ。雨を鏡として使い、こっちの方向感覚を狂わせてしまう。見ろ。おれたちはやって来た方を向いている」

ユミはうなずいた。窓外《そうがい》の光景を認識したのである。

「けど――後続の車も同じって――どんな街?」

けたたましいクラクションが、ユミの眉をひそめさせた。さらに後続の車がストップに怒りを表明しているのだ。

「このまま戻って、さっきの道を曲がるしかないわね」

「いいや。そんなことをしても、結局はディーバットの術の導く方向へ連れてかれるだけだ。そして――いつの間にかこの世界から失踪させられてしまう」

沈黙が落ちた。

「このまま停車してたら?」

「同じことだ。すぐに――」

「前進〜」

せつらのひと声が、二人の顔を驚愕に染めた。その中に、希望の色が混じっていた――この若者が指示するならば、と。

「あいよ」

黒人の返事と同時に車は異世界の雨の中を、滑らかに逆走しはじめた。

第七章　魔香の夢

1

「じき、この通りへ入って来た場所よ」

ユミが皮肉っぽく言った。

無反応の黒人へ、

「右へ折れろ」

せつらが指示した。

「何か当てが――」

訊《き》きかけて、中止した。神さまの言うとおり、ハンドルを切った。

光景が変わるか――と思ったが、変化はなかった。

「かかったぞ」

と呻《うめ》いた。

「何によ?」

ユミが眼を三角にして訊いた。

「〝ディーバットの町〟だ。よく見ろ。外見はさっき通って来た町と同じだが、家の中にも通りにも人がいない」

「するとどうなるの?」

「無人の町に人の乗った車は相応《ふさわ》しくない。つまり、おれたちもじきに消える」

「やだ。そのディーバットとかいう奴《の》を何とかして」

「おれには何とも。おそらくは、アジトの一室で術を使っているんだろうが」

「それって何処《どこ》?」

「アメリカ大使館近くのビルだ」

ユミが息を呑《の》んだ。黒人を指さして、

「あなたの身体《からだ》――透きとおってるわよ!」

「あんたもだ」

黒人は言い返し、

「ヤベえ。なんとかしないと」

と呻いた。

「持ちこたえろ」

このひとことがなかったら、二人は発狂していたかもしれない。

どちらも声の主に眼を向けなかった。

怖かった。この若者すら、自分たちと同じ運命を辿《たど》っていたら、と。

ユミは自分の両手を見た。

ああ。

「見えない。消えてしまった」

助けてくれ、と手を合わせた。

声は出なかった。

次の瞬間——二人の意識は暗黒に呑み込まれた。


眼を開いても、消滅の恐怖は続いていた。

二人はまず手と足を見、ルームミラーの顔を覗《のぞ》いて——無事だった。

クラクションが鳴っている。

通行妨害なのだ。

すぐには動けなかった。復活したせいか、身体が異様にだるい。

陽《ひ》が翳《かげ》った。運転手側の窓に人の顔がくっついたのだ。

太った中年男であった。

「何やってんだ。早く行けよ！」

と喚《わめ》いた。

黒人は返事もできなかった。

いきなり、車が叫んだ。こちらのクラクションであった。

中年男は、のけぞり、鬼みたいな顔になったが、急に元来た方へ向きを変え、ぎくしゃくと歩き出した。

同時に車のエンジンが声を上げ、前進を開始する。

「おい……」

黒人がハンドルを持ち直し、

「動かねえ」

とユミを見た。

本当はもうひとりを見るべきだったのだ。見えざる糸でハンドルを操っている世にも美しい若者を。

「後ろの二台は……いないわ」

とユミが臨終みたいな声を上げた。

「後ろの二台は――無しか。ディーバットの町から逃げられなかったんだ」

車はいつの間にか、目的地の方角へ進んでいる。

黒人は続けた。

「おれたちを消そうとしたのは、報賞をひとり占めにするためだろう。けど、ディーバットめ、どうしてやめた？」

少し間を置いて、

「……やめてないわよ」

とユミが洩《も》らした。

「？」

「やめてなんかいない。そいつは二つにされてしまったのよ」

「…………」


ユミの眼は泳いでいた。もうひとりの同乗客を見据えて言った。しかし、顔を向けられない。

〈ゲート〉を渡り、十数キロを辿った不可視の糸が、六本木の一角で術を操る米兵を探り当て、どう処分したのか、ユミにはそうなった以外の想像もつかなかった。

それきり邪魔は入らず、車は〈天神町《てんじんちょう》〉へ入った。

「断わっとくが、〈新宿〉中、軍のドローンが飛び廻《まわ》っている。おれたちだって、とうに見つかってるさ。逃げられやしねえぜ」

よして、とユミが顔をしかめて合図した。今、黒人が話しかけて相手に何を言っても、余計なお世話になる。並みの相手なら、うるせえで済むが、こっちをイラつかせたら首が飛びかねない。いや、飛ぶ。

「そこよ」

ユミが車を駐《と》めたのは、かろうじて〈魔震《デビル・クエイク》〉を生き延びたように歪《ゆが》んだマンションの駐車場であった。

「マスクをしなさいな」

「ああ」

ボックスから一枚取り出したのを、横合いから伸びた手がかすめ取った。

忌々《いまいま》しい顔つきをこらえて、黒人はもう一枚出して装着した。

三人は廃車が並んだ駐車場を抜けて、マンションへ入った。

「エレベーターは直したわ」

乗り込んだユミは「B2」を押した。

ドアの前はすでに倉庫の内部であった。

ユミが立ち止まった。理由は二人にもわかった。

あちこちにダンボールの箱が投げ出され、前方の大テーブルの上など真っ平らだし、周囲の戸棚も空っぽだ。

「なんでえ、まるで清掃業者が来たようだぜ」

呆《あき》れたような黒人を、ユミはにらみつけた。鬼女の表情であった。

「あんたのとこ？」

「残念だが、NOだ。こういうことをすれば、すぐ連絡が入る。捜索に及ばずってな」

「――すると――誰の？」

「あんたのことを知り尽くした奴《やつ》だろう。媚薬の独占を企《たくら》む連中だ」

「もう！」

ユミは身を震わせて怒りと絶望を表現した。

ふと、せつらを見た。

身を屈《かが》めて、足下から何かを取り上げたところだった。

「よしてよ」

ユミは近づいて、ひったくった。小さな人形だ。それも今風の球体関節式ではなく、縫い合わせた内部に麦粒や綿が詰め込んである――今では古物商にでもいかなければ見ることも不可能なタイプだ。

「君のか？」

せつらが訊いた。まるで何十年ぶりに耳にした声のような気が、ユミはした。

「そうよ」

右方の棚に近づいて、段の上に載せた。

「昔見て、欲しかったのよ。お金がなくて親は買ってくれなかった。何年か前に〈花園《はなぞの》神社〉の縁日で見つけたのよ。これだけ残るなんて何て言ったらいいのか、わからないわ」

「オッケー」

ぽんと鳴った。せつらが手を叩《たた》いたのだと知って、ユミも黒人も眼を剝《む》いた。

「知り合いに、その辺の事情に詳しい奴がいる。これから行ってみよう」

「危ねえよ。おれたちがここへ来たのは、もう軍には知られている。上へ上がったら、一発だぜ」

「何とかなるよ」

茫洋《ぼうよう》たる声に、ユミは訊かざるを得なかった。

「あなた――どっちよ、秋せつら？」

「僕のこと？」

「いいわ。わかった。で、何処へ行くの？」

「おっかないお医者さんのところ」

意外なことに、邪魔は一切《いっさい》入らず、三人は〈メフィスト病院〉の地下駐車場に車を乗り入れた。

「君たちはロビーで待ちたまえ」

「待ってよ」

「待ってくれ」

それじゃ、自分たちの面子《メンツ》が立たないと二人が訴えた。

「そんなもン気にしてらんない」

せつらは取りつく島もなかった。

「どっちも危険人物だ。待ってなきゃ処分する」

僕でも何をしでかすかはわかっている。二人はロビーへ上がった。

せつらはメフィストの下へではなく、児童用の「遊戯場《ゆうぎ》」へ向かった。

滅多《めった》にないが、ある程度の入院が必要と院長が見なした子供たちの時間つぶしの場だ。

ドアを開けると、笑い声がとび込んで来た。何度か訪れたこともあるせつらが、はじめて聞く爆笑であった。

遊具が並んだ広い部屋の中央に、色とりどりの服の子供たちの大きな輪が出来ている。それが全員のけぞり、笑い転げているのだ。

真ん中には見覚えのある顔が三つ——こちらも腹を抱えている。

郷平と浩吉とヒバリのトリオは、どうやら子供たちの笑いを担当しているようだった。

せつらを見て、浩吉が口笛を吹いた。

子供たちが一斉《いっせい》にこちらを向き、頬を染めたのは、壮観を超えた超常現象であった。

しかし、すぐに緊張気味になった郷平が、

「こんなところへ——どうしたい？」

と訊いた。

「尋ね人」

とせつらは答えて、

「清掃業者みたいな盗《ぬす》っ人《と》を知らない？」

〈区外人〉の郷平は、かたわらの姉弟に眼をやった。

「どんなふうだったんだい？」

浩吉の問いは、自信に満ちていた。餅は餅屋、〈新宿〉は〈区民〉だ。

せつらが地下倉庫の状況を話すと、彼は眼を閉じ、すぐに、

「わかった」

と言った。

「ここんところ大活躍のこそ泥だ。絶対に〝ドクター・スウィープ〟だ」

「本名矢口権助《やぐちごんすけ》。仮名文字にしたがるのもわかるわよね。彼の手口よ」

「何処にいる？」

「アジトは知らないけど、盗んだ品をさばくには、〈新宿輸送協会〉を使ってるわ」

「わかった」

せつらはうなずいて、

「ありがとう」

と報《むく》いてから、足下を見た。二、三歳の男の子が、コートの裾を引いている。

「？」

「あんたに構って欲《ほ》しいんだよ」

と郷平が笑いかけた。

「子供に愛される人捜し屋か。父親でも捜してやりなよ」

「バイバイ」

せつらは男の子の頬《ほ》っぺたを優しくつまんだ。幼児は頭を横にふった。イヤイヤの合図である。

「はて」

とつぶやいた。

「二つにしたらどうだい？」

郷平が皮肉っぽく言ったが、

「代わりの奴をそうする」

と聞いて沈黙した。

ヒバリが、こっちおいでと引き取り、早く出て行けと眼で伝えた。

せつらはドアを開き、そこでふり向いた。

「あ、こら」

ヒバリの制止をふり切った丸い影が、えっちらおっちら追いかけて来る。

せつらは微笑してドアを閉めた。

すぐに開いた。

子供ではなく、郷平とヒバリが立っていた。

「おい、おれたちもここから出してくれ。院長に伝えてくれよ」

「そうよ、もう飽《あ》き飽《あ》きしたわ」

「子供が寂しがる」

とせつらは、ドアの向こうを見て言った。

「おまえたちはいい保育士だ」

「よしてくれ。餓鬼《がき》どもは浩吉が一番気に入ってるんだ。あいつひとり残しときゃ上手《うま》くいくさ」

「そうよ。あたしも子供の相手は沢山《たくさん》。メフィスト先生にかけ合ってよ」

「伝えておく」

そう言って、せつらは背を向けた。


一階のロビーに上がって、黒人とユミを捜したが、姿は見えなかった。

「逃げた」

二人に妖糸が巻きつけてあるのは言うまでもない。

そこへ、二人して同じ方角から現われた。

「何処へ？」

「トイレだ」

口を揃《そろ》えた。

「盗っ人はわかったの？」

とユミ。

「まあ」

「なら、一緒に連れてって。とっちめてやらなきゃ、気が済まないわ」

「おれも、このままじゃ帰れねえ。つき合わせてもらうぜ」

何故《なぜ》か、せつらは、

「いいとも」

と、いつもは絶対に出て来そうにない台詞《せりふ》で二人を持てなした。

2

〈新宿輸送協会〉は、いわゆる〝幽霊法人〟である。詐欺《さぎ》的な意味ではなく、外谷良子の「ぶうぶうパラダイス」のごとく、協会の所在が明らかではないのだ。

理由はひとつ、商売敵《がたき》からの攻撃避《よ》けであり、

〈区〉のあちこちで、協会の住所を探るプロの調査員を見かける。

〈新宿〉特有の物産品は、〈区〉の〈特産品発掘課〉と〈輸出課〉が一手に握り、〈区外〉への輸出手配を独占しているのだが、その収入の膨大《ぼうだい》さから、当然、おこぼれに与《あずか》りたい、或《ある》いは独自に発掘、採集、輸出を手がけたいと目論《もくろ》む連中が後を絶たない。

一時期は〈区内〉で三百以上の〝協会〟が乱立し、数社を残し、食い合って消滅した。

〈新宿輸出協会〉はその数少ない生き残りであった。

今、夕暮れどきの銃声が響くと、玄関のドアから、男が二人転がり出た。ドアの内部へ向かって拳銃を二、三発発射し、建物の前に駐めてある乗用車へと走り出す。

戸口から機関銃の連射が轟《とどろ》き、男たちはのけぞってから、前方へ倒れた。

旧式のドイツ製機関銃M42から、硝煙《しょうえん》と給弾ベルトをこぼしながら戸口から現われたのは、ボブカットの娘であった。二十歳にはなっていまい。

銃口を死体の横に立つ三人に向けて、

「仲間かい？」

と凄《すご》みたっぷりに訊いた——が、もう声も顔もとろけていた。

「ノンノン」

とせつらが右手をふった。どうしてここだけフランス語になるのかわからない。短いからだろう。

娘は何とか機関銃を支えようとしたが、やはり下を向いてしまう。毎分一二〇〇発、通常の機関銃の倍の速さで弾丸をばら撒《ま》く名銃も、せつらの美しさの前には無力らしい。

「ドクター・スウィープは？」

せつらは娘の肩越しに戸口を指さした。

「いないわ。こいつら、留守を狙って来たの」

「ここはドクター・スウィープの個人法人？」

「そうだけど、文句でも?」

強気の口調だが、顔は半分寝呆《ねぼ》けている。

「待たせてもらいたい」

「駄目よ。今は来客厳禁」

「返してもらいたいものがあるのよ」

ユミがねっとりと言った。

「何よ?」

ユミに向けた表情に、怒りと恫喝《どうかつ》が広がった。やっと面目が保てそうだ。

「出てってよ。警察が来るわ」

「お願いよ、入れて」

ユミが申し込んだが、娘は首をふった。

「そう言うなよ、姐《ねえ》ちゃん」

黒人が前へ出た。

M42の銃口がためらいなく向けられた。

「これで話をつけようや。誰にも言わねえからよ」

娘の足下に光る粒がとんで落ちた。

明らかに無視しようとして、娘の眼は強く引かれた。

アスファルトの上で、それは誰をも魅了する色の光を放っていた。

小指の先ほどもあるダイヤだ。

「偽物じゃねえぜ。あんたへのプレゼント——ちゅうか賄賂《わいろ》だよ。な、どうだい?」

ユミばかりか、せつらまで意外な役を得た登場人物を見つめた。

「よしなよ。人を物で釣《つ》ろうなんて。今度やったら穴だらけ——」

その足下にもうひとつ——透明なかがやきが転がった。

せつらが、眠そうに、げ、と洩らした。

「宝石製造人」

「そういうこった」

黒人は左手を開いて、右の人さし指を向けた。

指先から小さなかがやきが落ちた。

せつらが訊いた。

「なぜ、エージェントなんかしてる？　一生遊んで暮らせるのに」

「そうなんだが、お蔭《かげ》でしょっ中狙われるんだ。いったん気づかれたら、近所中が誘拐犯さ。このままじゃ危ないって、家も家族も捨てて旅に出たが、駄目だった。放っとくと、えらく苦しくなって、どうしても指から出してしまうのさ。ところが三日に一回――これくらいでも、眼をつける奴はいるんだな。何処にも安住できねえんだ。アパートに入りゃ管理人も隣りの奴も、ガンやナイフを持って押しかけて来る。挙句《あげく》は、助けを求めてとび込んだ警察までもさ。とうとうCIAにも尾《つ》け廻されて、ならいっそ仲間になっちまえとエージェントを志望した。さんざん調べられたが、原因は不明のままだ。とうとうCIAの中にもおれを狙い出す奴が出て来た」

「誘拐してガッポリ――しかし、CIAが守ってくれるだろ。二人といない金蔓《かねづる》だ。ひとりいれば、組織は一生安泰安泰」

「それがそうもいかないのが組織ってもんでな。貧乏人の中にいきなり、金持ちが入って行ったら、よくて身ぐるみ剝《は》がれるか、悪けりゃ暗殺よ。だから、おれは最前線での非合法任務を志願した。さ、もういいだろ。おい、姐ちゃん、通行料を取って道を開けろ」

「うるさい。こんな手が通用すると思うのか、この〝射手《ガンナー》〟千里子《ちりこ》を見損《みそこ》なうな」

またひとつ、小さな輝きがとんだ。それは千里子のシャツの胸もとに吸い込まれた。

「ペンダントにしたら、よく似合うぜ。とっときなよ。売れば五〇〇万は固い」

そして、M42の銃身を押して横へ向けると、さっさと戸口を抜けて室内へ入った。

ユミとせつらも後に続いた。二人いる女子職員がこちらを見て渋面《じゅうめん》を作ったが、たちまちとろけてしまった。

「昨日――運び込まれた品は？」

せつらが千里子をふり返って訊いた。

「持って出たわよ、ねえ？」

女たちがうなずいた。本当かどうか。顔も眼もともとろけている。それは千里子も同じだ。

「すぐに帰る？」

「一時間くらいと仰《おつしや》ってましたから、二時間後には」

女子職員は俯《うつむ》いていた。全員がそうではないが、せつらの美貌《びぼう》は俗に言う「惹《ひ》きつけられる」「吸い込まれる」のレベルを超越しているのだ。眼にすれば恍惚《こうこつ》となり、俯いてしまう。その美しさに魅了されるのは、罪だというかのように。

無垢《むく》ゆえに聖性を備えていた人間《アダム》は、蛇に化けた悪魔に誘われるまま、禁断の知恵の木の実を口にし、その結果、知恵を得たものの、楽園を追放された。いや、蛇ではない。林檎《りんご》といわれる木の実でもない。蛇も木の実も実は天工《てんこう》の作になる美貌の主であった。最初の人間たちは、神の制止も怒りも忘れて、その美貌の唇に自分のそれを重ねた。

その美貌は実は神の寵愛《ちようあい》したある存在のものであった。神だけのものであったはずのそれは、人間との口づけによって人間とともに汚れを帯びた。楽園追放とともに――しかし、美しさは失われることもなく、人間の歴史の中に、輝きつづけてきたのであった。

すると――汝《なんじ》は魔性のものか、秋せつらよ。

「行く先は何処よ？」

ユミが訊いた。

「わかりません。いつも出かけるときは、私たちには内緒です。向こうから連絡があったときに、他からの用件等を伝えるだけ」

二人目の女子職員が応じた。

「待たせてもらうぜ」

黒人が窓際のソファに腰を下ろした。それからユミに、

「なあ、媚薬を取り返したら、おれたち三人で組ま

ねえか。戦闘能力は抜群だし、金なら任しとけ。うまくやりゃ、王国が築けるぜ」

「アメリカはどうするのよ、兵隊《ソルジャー》さん」

「大丈夫、この街にいりゃ、奴ら何もできやしねえよ。それは、おれが保証する」

「断わっとくけど、あんたの息や汗の臭いはみんなその辺の超小型ドローンに分析されて、とうに居所《いどころ》はバレてるのよ。そんな呑気《のんき》な見栄《みえ》張っていいの？」

「見栄なんかじゃねえよ」

黒人が反論した瞬間、つけっぱなしのモニターが、激しいピンポーンとともに、

「臨時ニュースを申し上げます」

と喚いた。声が上ずっている。

「ありゃりゃ」

黒人が眼を剝き、他の職員も、突如《とつじょ》出現した画面のアナウンサーに注目した。

「〈歌舞伎町〉の一角で、突如、大量殺人事件が発生いたしました。現在確認されているところでは、十名近い人間が、通行人に無差別で襲いかかり、その肉を口にしているとのことです。現場から中継いたします——××さん」

はい、××ですと、マイク片手の女性レポーターが画面を占めた。

背後には〈機動警察〉の面々の背中が並んで、その向こうから銃声と悲鳴と獣の吠《ほ》え声が混じり合って聞こえてくる。

「出たか」

せつらがぼんやりと言った。事情を知らぬ人間なら、無害な幽霊がと思うところだ。

だが、画面の向こう側では死を賭《と》した戦闘が続いているのであった。

スタッフらしい男が、レポーターに駆け寄って耳打ちした。レポーターの顔色が変わった。

「今、犯人が〈区民〉や警官の肉を食らっているとの情報が入りました。警官も容赦《ようしゃ》なく発砲に及び、

殆《ほとん》どの犯人を射殺した模様です」

「帰って来るかな？」

と黒人が虚《うつ》ろな声で訊いた。ドクター・スウィープの運命に関してだ。

「来ないわね」

ユミが立ち上がってせつらを見た——ドアが開いて、そこを抜ける美しい背を見せた。

「車は？」

せつらはふり返って、千里子に訊いた。

「あたしのに乗って」

「鍵を」

「あたしも行くわ」

そう言うと、女子職員のひとりが、デスクの下に身を屈《かが》めて、長方形の保管ケースを持ち出した。千里子は手際《てぎわ》よくM42を銃身と機関部に分解して収め、給弾ベルトの入ったブリキ缶を背負って、せつらたちの後に続いた。誰も止めなかったのは、戦闘の際に役に立つと思ったからである。〈新宿〉での結末は、多くの場合、これで決まる。

ハンドルを操る千里子の助手席にせつらが坐《すわ》り、黒人とユミが後部座席に収まった。

「どうしてついて来たの？」

ユミが訊いた。

「ダイヤに目がくらんだ？」

千里子の両眼が怒りに吊《つ》り上がる前に、ユミは硬直した。死人そのものの表情をルームミラーで確認し、千里子は怒りを収めた。

「あんたがしたの？」

と訊く。

「運転をミスられると困る」

とせつら。それから、

「彼氏助けるため？」

と訊いた。

「社長が？　——そうよ」

千里子は言った。

後ろで黒人が、

「正直だなあ」

とからかい半分に手を叩き、こちらも動かなくなった。

「危ない仕事だけど、その分よくしてくれるわ。そのためにも放っちゃおけないのよ」

「それはそれは」

発車のときから、ニュースはかけてある。床上五〇センチのエア・ディスプレイには、ニュースの続き――現場の状況が鮮明に浮かび上がっている。

廃ビル内の映像は凄惨極《せいさんきわ》まりなかった。床に倒れた人間の原形も留《とど》めない肉と骨を、やくざらしい風《ふう》体《てい》の男たちが貪《むさぼ》っている。肉塊《にくかい》はドレス姿からして女だろう。テーブルの上には麻薬吸引用の長パイプや酒瓶《さかびん》、グラスが転がっていた。

「最初は香料パーティだったんだろうな。それがよお」

「あんたの彼氏の描いた絵よ」

ユミが冷たく言った。


車はすでに、〈旧区役所通り〉に入っている。

規制線《キープ・アウト・テープ》が張られているのは、バッティング・センターへ折れる道であった。

せつらが降りると、警官がやって来て――一分とかからぬうちに、車は駐車場に入った。

千里子がM42を組み立てるのを待ってから、三人は警官たちに紛《まぎ》れ込んだ。

背中のブリキ缶の底から給弾ベルトを装塡《そうてん》した千里子が、カプセルを口へ放り込む。

「強化剤か？」

とせつらが訊いた。

「気になる？ 私、半分機械なのよ。昔、銃撃戦に巻き込まれてね」

「しかし、そんなもの持って現場入りとはよ。この先は止められるぜ」

黒人の声に、

「よう、千里子」

と重ねたのは、私服に防弾ベストをつけた初老の刑事であった。

「おお、秋せつらも一緒とは——なんか、どえらい捕物をしてるような気分になってきたぞ」

「知り合い?」

とせつら。

「おお。千里子が負傷したときの上司がおれだ。何とか、まともに生きて欲しいと思ったが——」

「私にはまともです、浜井《はまい》警部」

厳しい物言いの中に、信頼と穏やかさが仄見《ほのみ》えた。よい上司と部下だったのだろう。

「ま、よかろう。内部に入りたいのか?」

「はい。恩人が巻き込まれています」

「無事だったら、すぐ引き返して来い」

「ええ」

「通らせろ」

と前方の警官に叫んで、浜井は背を叩いた。どう見ても厄介事《やっかいごと》の準備万端の二人から離れたかったのかもしれない。


「どーもどーも」

と言いながら、せつらが通ると、ゴツい男たちはみな道を開けた。ひどくスムーズな通過ぶりに、千里子が、

「現役の頃から噂《うわさ》は聞いてたけど、やっと納得できたわ」

と、呆れたように言った。

七階建てのかなり大きなビルの玄関から銃声と悲鳴が噴《ふ》き上がって来る。事態はなお紛糾中なのだ。

しかも、地下で、
階段の手前で、

「行け」

とせつらが黒人とユミをふり返った。

「えーっ、こんなヤバいところへかい?」

「CIAの殺し屋が何を言う」

「殺し屋じゃねえ。特殊部隊だ」

「ねえ、あたしまで一緒に?」

ユミが露骨に顔を歪めた。せつらの返事は、

「そ」

であった。こういうときのために連れて来たらしい。一種の生贄《いけにえ》だ。

「おらあご免だぜ」

「あたしもよ」

二人がそっぽを向き、すぐに向き直ると、人形みたいなぎこちない動きで、階段の方へ向かった。

「いいの？」

と千里子が訊いた。

「役目は果たさないと」

とぼけた物言いなのに、千里子の背を冷たいものが這《は》った。それはいつまでも取れなかった。

二人が階段を下りてすぐ、

「少し待ち」

せつらは、千里子と階段を下りかけの〈機動警官〉にも、こう告げた。

3

階段を下りると、開け放たれたドアの横に、「PHOTO STUDIO 段《だん》」と電飾された看板が倒れていた。コーラとタイアップの見慣れたロゴがついている。

スタジオ内部には撮影用のストロボや録音機器が残っていたが、埋めているのは警官と無惨な死体であった。

表の警部から連絡があったのか、敵意に満ちた視線を二人に浴びせても文句はつけない。

奥のドアの前に数人が群がっていた。

「バーナーも効かない。このドア、呪術がかかってるぞ」

「破邪《はじゃ》の斧《おの》を使え」

「もうやった。びくともしない」

そして、黒人とユミに気づいて、ひとりが、

「何だ、入るつもりか？」

と訊いた。

「ああ」

と黒人。

「どうやって？」

といらだち気味の問いに、正直二人はどう答えたらいいのか分からなかった。

「内部《なか》に誰かいるの？」

「この食人パーティの主催者らしい。他にも何人か、まともそうなのがいたが——どうなっちまうのか」

ユミと黒人は鉄扉《てっぴ》を見つめた。厚くて頑丈《がんじょう》なだけなら、警官たちがとうに開けているだろう。しかし、少なくとも彼らが有する反呪術で効果ゼロとなると、どうしたものか。

そのとき、ユミは胸中で怪しく無惨な地獄図を描いていた。

——捕まえられても何でもいい。あの媚薬は、そこいら中に撒き散らされ、〈新宿〉も〈区外〉も誰も彼も互いに食い殺し合うがいい。ドアよ、まだ開くな
ここへ来た目的は、媚薬を取り戻し、それを世界中の政府に売りつけるためであった。愚かな指導者どもは、いかなる危険を有する品であろうと、たかが媚薬——扱いかねるはずはないとタカをくくるだろうが、その果てに待つのは、世界の自滅だ。何もかもこの香りに狂い、地獄の石段を下りていくがいい。私は親を含むすべてから見捨てられた存在よ。あの人も私を先に行かせた。

さあ、扉よ開け。そして、私の夢におぞましい形を与えるのだ。

「おお」

黒人と——警官隊がどよめいた。不動の鉄扉は音もなく開いて——いや、上側から倒れ込んでいったではないか。何かに断ち切られた——刳《く》り抜かれたかのように。

二人は前進した。いや、身体が操られたのだ。それは別方面にも及んでいるらしく、真っ先にとび込むべき警官たちは、その場に立ち尽くしていた。ダッシュする寸前の恰好《かっこう》で。

部屋はスタジオに負けない広さを備えていた。ここは隣りの部屋、とユミは正確に判断した。

その奥に五人の男女がいた。

うち二人――二〇代の男と女が床に倒れ、残る女二人と男ひとりが、貪り食っている。女の乳を男の胸筋を女の尻を。

バリバリと肉を嚙みちぎる音と咀嚼音《そしゃくおん》が果てしなく続いている。

食人鬼と化した男は四〇代と思《おぼ》しかったが、鼻から舌を血に染めたその顔から、名前すら挙げることはできまい。

いや。

「〝ドクター・スウィープ〟」

悲しげな、しかし鉄の芯を保った娘の声が背後から聞こえた。

女の前腕に歯を立てていた中年男が、ふっと顔を上げてこちらを見た。

目も鼻も口も尋常だ。普段の生活顔を見て取るのも簡単にできる。だが、これは人間の顔ではなかった。黒瞳《こくどう》が浮かべているのは血色の海だ。鼻は思いきり広がり、歯茎《はぐき》まで剝き出した口は、こちらも赤い血で塗りつぶされている。

瞳の中に、女が映っている。男は立ち上がり、口も拭《ぬぐ》わずにそちらへ向かって来た。ユミの方へ。

ユミは動けなかった。

――あたしを殺すつもりなの、秋くん

絶叫したかったが、それを果たす気力は残っていなかった。久しぶりに哀《かな》しみが湧いた。

〝ドクター・スウィープ〟が両手を広げてとびかかって来た。

その首が落ちると同時に、毎分一二〇〇発――ドイツ軍だけが成し遂げた高速機関銃の弾丸が、男の全身を真っ赤なボロに変えて、後方へ吹きとばした。

壁にへばりついた顔はつぶれ、胸も腹も太腿《ふともも》も粗《あら》いミンチと化した。

それが熄《や》んだのはいつか、ユミにはよくわからぬうちに、男の身体は流血とともに壁を滑って床上で得体の知れぬ赤い肉屑《にくくず》に変わっていた。

機関銃を下ろした千里子は両眼を閉じていた。睫《まつ》毛《げ》が震えている。

自分を救ってくれた男にとどめを刺した――その哀しみであった。

背後で声がした。世にも美しい声が。

「いい顔してる――多分」

M42を下ろし、千里子は〝ドクター・スウィープ〟の下へ歩み寄った。

嘘《うそ》だというのはわかっていた。男が肉塊に変わるまで射ち続けたのだ。

あっと声が出た。

顔が戻っている。元にとはいえないが、少なくとも名前くらいはわかるまで、つなぎ合わされているではないか。

――誰が？

不可視の糸とそれを操った神技《かみわざ》の主のことを、千里子は知らぬ。

ひしゃげた顔は、安らかといえばそう取れなくもなかった。

身体が後ろを向いた。戸口へ歩き出すせつらとすれ違うとき、

「ありがとう」

と声が出た。

「さよなら」

とせつらが返した。

やがて、M42の女は自分の車で協会まで戻り、残務整理に取りかかったとき、射殺したやくざの組の連中が乗り込んできて、三〇人全員を射ち殺したものの、一〇発近い弾丸を受けて死亡する。

千里子が去るや、ユミと黒人は自由になった。

人形状態のうちに、媚薬の瓶が収まったビニールのケースは確認しておいた。

駆け寄ろうとする肩を黒人が押さえた。

「何するのよ⁉」

歯を剝いた。媚薬を嗅《か》いだ気分だった。喉に食いついてやる。

「それはおれたちがもらうぜ」

別の男の声がした。発声源は空中であった。

「てめえ――ラヴジョイ」

黒人が頭上を見て歯を剝いた。

二人――と背後のせつらの前で、ケースが浮き上がった。

「これで全部か?」

声はユミに向けられていた。

そっぽを向くと、急に咳込《せきこ》み、喘《あえ》ぎはじめた。明らかな酸欠状態だ。

片膝をついたところで、呼吸は正常に、紫色の顔には血色が戻った。

「おれはガス状に変わって敵の体内に潜入する。G人間とでも覚えておけ。いかなる武器でも、おれは斃《たお》せん。さあ、道を開けろ」

それは、背後のせつらに向けたものだったに違いない。

誰の眼にも耳にも届かぬ速さで、見えない刃《やいば》が空気を切り裂いた。

「おかしな技を使うな、色男」

声は嘲笑《あざわら》った。

「だが、いくら色男でもガスは切れねえぜ。そうだ、この後、余計な真似ができねえように、いま片づけてやろう」

「危ない」

ユミが叫んだ。

「こいつは耳からも入ってくるわよ」

「毛穴からもな――さ、どうだ?」

ユミの苦悶《くもん》が再現されるのか、せつらの眉が苦しげに寄せられ、顔中が紫色に染まっていく。

突然、せつらが凄まじい苦鳴を放った。いや、それはせつらの声ではなかった。

せつらの口から青い炎が洩れた。

「おまえの身体を守っている針金は何だ？　おれ様の弱点を衝《っ》いて――」

ガスといえども数千数万度の超高温にさらされれば、生命体である限り、蒸発消滅する。

「くそお……ジャップめ……」

これがガス――Ｇ人間の最期の言葉であった。

「まだジャップ――変わらないな、アメリカ人の認識は」

ユミがケースに駆け寄り、中身を調べた。

「どう？」

「確かに――三分の一はここで使われたらしいけど、残りは大丈夫」

「――では」

「ねえ、どうする気？」

「〈メフィスト病院〉へ。無毒化薬を調合してもらう」

「あら、残念なこと」

ケースが三人の頭上に浮かび上がった。

「触れると何でも切れる」

せつらが戸口を抜けるや、凍りついていた警官たちが、どっと室内へ突入した。

そのせいか、宙に浮かぶケースと、地道に道を歩く三人を邪魔する者はいなかった。

タクシーに乗った。

「あたしたちも一緒に？」

「法の裁きを受けたまえ」

ユミはそっぽを向いて噴き出した。

「似合わないわよ、秋くん」

「そうだ」

と黒人も同調した。

「おれはアメリカ大使館を通じて釈放命令が来る。無駄なことはやめて、今すぐ解放しろ」

「ここは〈新宿〉だよ」

せつらは二人を沈黙させた。

〈区〉の輸出課の指示と偽って、〈亀裂〉下の生物から採れる長命薬を奪取しようとしたネイビーシールズの隊員が一〇名、大使館経由の軍からの猛烈な抗議にもかかわらず、逮捕から二日後、全員が死体となって大使館へ届けられた。送り主の正体は今も不明だが、〈区〉の仕業であることを疑う者はいなかった。そうに決まっていたからだ。

その辺は聞いていたらしく、黒人は沈黙し、ユミも肩をすくめた。

「〈魔界都市〉の話？　日本国内に存在する日本の都市である限り、日本国憲法に従うんじゃないの？」

「理屈だね」

「――だけど、通じない。わかってるわよ、それが〈新宿〉だって」

せつらは無言――そこへスマホが鳴った。


冷たく果てしなく快い白い院長の声が、浩吉とヒバリの失踪を告げた。

「何やってんだ、阿呆《あほう》」

罵《ののし》るせつらへ、院長は、家族が会いに来て、面談中に消えたと続けた。仕掛けたほうも無事では済まぬ超パワーの異次元渦に巻き込まれたのだ。後には、〈区役所〉の〈区民資格請願課〉の名刺が二枚残された。

あらためて、

「藪《やぶ》医者」

と告げ、せつらはタクシーを急がせた。

あと数分というところで、
せつらのスマホが鳴った。

抑揚《よくよう》のない男の声が、

「二人を預かった」

と言った。

「おや」

「明日、午後二時に、〈サブナード〉へ来たまえ。

手の荷物を忘れずに」

　スマホを切ってから、それを見つめるせつらの横顔に何を感じたか、

「誰からの電話よ？」

　ユミが眉をひそめた。

　その顔が暗く染まった。いや、タクシーの内部が薄闇に閉ざされたのである。

「何だ？」

　眼を凝《こ》らす黒人へ、

「〈サンバ〉だ！」

　と運転手が叫んだ。

「停車するぞ。外へ出るな」

　ドアのロックがかかり、ウインドーの外側から、黒い隔壁板がせり上がってくる。

　最も妖物悪霊に遭遇しやすいタクシーの自衛手段だ。費用はさすがに〈区〉の負担である。

　路肩に停止した車のフロント・ガラスや両側の窓ガラスに鈍い音が当たり、衝撃が伝わって来た。


　肉食の妖鳥は、千羽単位で街全体を襲う。人々の対処法は火炎放射器で迎え撃つか、公共の〈避難所〉に駆け込むしかないのだ。幸い襲撃は一分足らずで終わる。

　だが、

「開けて」

　ユミに言われて、運転手は、え？　とユミを見つめた。

「よせよ、おい」

　黒人も止めた。

「これは、部隊の最後のひとり——ラジャダムの飼育術だ。奴は生きものを操る。鳥もそうだ。しかも、操られている鳥獣は、千倍もパワーが溢《あふ》れ、万倍も凶暴になる」

「なら、この車も危ないわよ、ほら」

　ユミは横のウインドーへ顎《あご》をしゃくった。防禦板《ぼうぎょ》の表面に無数の突起が生じている。外から嘴《くちばし》で衝《つ》いているのだ。これはあと一分——いや、三〇秒も

持つまい。

「じきに警官が来るけど」

とせつら。少しも気にしていない、というか、理解していないようだ。

「いや、この街の鳥がどれだけのものか知らんが、それが千倍万倍も強力凶暴になったと考えろ。何とかなると思うか？」

「うーむ」

「開けて。それから、あんたたちを助けたら、あたし逃亡するわよ。これが助ける条件。いいわね？」

ユミがドアを叩いた。

「オッケ」

とせつらが応じ、運転手もうなずいた。

開かれたドアに、ユミが出る前に鳥たちが押し寄せ、しかし、ばたばたと車内に墜落した。

ユミがドアを閉じた。

せつらの耳を、心地よさそうな寝息が打った。運転手と黒人は全身の力を抜いて、窓にもたれていた。

不意に、窓への衝きが熄んだ。号令一下のごとき迅速さであった。

せつらは外へ出た。

路上に、ビルの庇《ひさし》に、看板の上に、凶鳥どもが雑巾《ぞうきん》のようにひっかかっている。

せつらの鼻孔は、ある香りを嗅ぎつけていた。

ユミが播《ま》いたものは、大気への凄《すさ》まじい浸透度を誇る睡眠香だったに違いない。

当人の姿はなかった。一目散《いちもくさん》に逃げ出したのだろう。

「少しだけ自由に——お手柄だったしね」

足下で眠りこけている〈サンバ〉を踏まないようにして、せつらはタクシーへ戻った。

第八章　星に満ちる香り

1

「どう？」

とユミは、肩越しに、低い椅子《いす》にかけた老婆の手元を覗《のぞ》き込む。白衣にゴムの胸当てをつけている姿は、手術中の医師のようだが、違う。〈歌舞伎町〉の一角に住む老婆の名前は、ラビリという。

小さな円卓の上で、老婆は幾《いく》つもの瓶《びん》の中身を小ぶりな匙《さじ》に移し、混ぜ合わせては、その匙を鼻の先に寄せて、匂いを嗅《か》いでいるのであった。

周りに並んだ薬品棚の品々を見ても、調香にふけっているのは間違いない。だが、そうだと言い切れないのは、室内に一切の香りがしないからだ。

老婆はよく集中しているらしく、ユミの問いにも答えず、鼻をひくつかせていたが、やがて、匙を置いた。それから意外と若い声で、

「とんでもないものをこしらえたねえ」

とつぶやいた。声には恐怖が満ちていた。

「どうしてもっと早くここへ持って来なかったんだい？」

「で、何とかできる？」

「今のうちなら、ね」

と老婆は低く言った。細かい皺《しわ》が安堵《あんど》の表情を作っている。

「よかったわ」

ユミは笑顔になった。それと冷酷ともいえる口調の落差に、老婆は気づかない。

匙を下ろして、長い息を吐いた。緊張のあまりこらえていたのである。

「放っておけば、一滴地面に垂らしただけで、関東地方が丸ごと食人鬼の巣になるよ。まさか、媚薬《びやく》の自己進化が起こるとは、理論では知っていたが、実在するとは思わなかった。いいときに持って来たね。何とか処置するよ」

「一滴でこの星が死滅するまで、どれくらいかかる

の?」

「そうだね。三日」

「ありがとう。でも、いいの」

「え?」

眉をひそめる老婆の心臓へ、来る途中で、立ちんぼの武器売りから買い込んだ、使い古しの消音器付きワルサーPPKを押しつけ、引金《トリガー》を引いた。

途端に、拳銃は安物の正体を暴発で示し、弾丸はワルサーの本体を吹きとばし、その鳩尾《みぞおち》へ灼熱《しゃくねつ》の遊底《スライド》をめり込ませた。

同時に老婆が倒れた。弾丸は暴発しても、弾頭は発射されたのである。

「誰! 何てことよ!」

ユミは鳩尾を押さえながら、円卓へ駆け寄り、一本の瓶を掴《つか》んだ。言うまでもない、〝王妃マーゼンの唾《つば》〟である。さっきの返答を聞くため、分析を依頼しておいた分である。

よろめいたが、幸い遊底以外の破片は、内臓までは達していない。

異様な叫びを上げてそれを引き抜いて、床に放り出し、ユミはドアの方へ歩き出した。裂けた筋肉からも血は滴《したた》り落ちる。ハンカチで押さえてから、外へ出た。瓶はこれも来る途中の露店で買ったショルダーバッグに入れた。

タクシーを拾おうと、道路の方へ行きかけたところで、肩を叩《たた》かれた。

周囲で風が唸《うな》った。

押されてよろめき、その張本人をふり返って、名前を言い当てる前に、加速人・坂巻は、

「よお」

と片手を上げた。

「近づくな」

ユミはバッグを押さえて呻《うめ》いた。

「いいけどよ、ハンカチ血だらけじゃねえか。ラビリの婆《ばあ》さんにやられたのか?」

「お行き」

「そうもいかねえ仲だろ」

坂巻は嘲笑した。

「その媚薬、おれも欲しいのさ。副作用は厄介だが、上手《うま》く扱《あつか》や、大枚が手に入る。しかも金主《きんしゅ》は〈新宿〉どころじゃねえ。世界政府だ。任しときな。おれが上手くやってやるぜ」

「あんた――どうしてここに？」

「あ」

坂巻は頭を掻《か》いた。

「ラビリの婆さんは、おれの大叔母さんなのさ」

ユミは走り出そうとした。それしか手はなかった。

風を巻いて、男はその前に立った。

右手を伸ばしてこねると、風がバッグを腕から引き剝《は》がして、男の手の中に運んだ。

「畜生」

とびかかろうとしたユミの身体《からだ》は、ごおと吹きとんで、出て来たビルの壁に押さえつけられた。

「ここまでだ。生命《いのち》があるだけマシだと思うんだな。おれは優しい男なんだ」

壁を滑って尻餅《しりもち》をついたユミへ、坂巻は確かに優しく話しかけた。ユミの表情は無意識の失神状態を示していた。

「実はこの薬、おれも独自にルートを開発して、買主を見つけた。早速《さっそく》届けてみるぜ。今夜すぐパーティってことになるだろう。よかったら捜し出してみろや」

風が渦巻き、通りがかりの車を吹きとばしてから、男を消滅させた。

月が出ている。

加速人のパーティ会場とは何処《どこ》だ？　いや、彼は知らぬ。媚薬が昨日の品ではないことを。

一滴――ただの一滴が、世界を破滅に導かんとすることを。

それを知るただひとりの女の姿が暗く染まった。人影が重なったのである。その影は――

インターフォンから、秘書の声が来訪者を告げた。

「お通ししたまえ」

と梶原が応じてすぐ、男が入って来た。何故《なぜ》か、風の音を聞いたような気が、梶原はした。

「約束どおり、持って来たぜ」

と言ったのは、坂巻であった。

デスクに置かれた小瓶に伸ばしかけた手の前で、瓶はさらわれた。

「試すかい?」

と坂巻は訊《き》いた。感情のない声だ。

「よしたまえ。職員を人食いにするつもりか?」

「で、あんた何に使うつもりだよ、〈区長〉さん?」

「ここでは使わんよ。〈新宿〉ではな」

「ほう、じゃあ」

「欲しがっている国は幾らもある」

「結局それかよ。あの女が聞いたら、泣くぜ」

「女なんぞに、こんな危険物を預けられるものか」

「同感同感。後は任せる。報酬は――」

「その瓶を渡してくれた時点で、振り込もう」

「振り込んだら渡すさ」

梶原は苦い表情をこしらえてから、受話器を手に取って、ある番号を伝え、

「米ドルで一〇億、振り込むように」

と告げた。

同時に、坂巻がスマホを取り出して耳に当て、

「確かに」

とうなずいた。

小さな瓶はあらためて、〈区長〉の眼の前に置かれた。

「それでは」

と背を向けた坂巻の動きが突然、固着した。

「おい?」

と声をかけ、梶原ははっと四方に眼をやった。この怪現象を可能とする世にも美しい若者のことを思

い出したのである。

電話が鳴った。

「はいはいはい」

と出た。この辺のとぼけた味が、長期〈区長〉の座を維持させているのかもしれない。

「あ。大使館」

と言った。それから、驚きの表情を浮かべ、もう一度、ぐるりを見廻《みまわ》し、

「いませんが」

と返した。

「いや、本当に」

インターフォンが鳴った。

失礼と電話に伝え、

「うるさい、何事だ?」

「秋せつらさんがお見えになりました」

梶原は不可解な表情になり、頭をひとつ振ってから、入れと伝えた。

「来ました。はい」


闇夜にもかがやく美貌《びぼう》が入って来た。硬直した坂巻を、じろりと見てから、梶原を指さして、

「アメリカ大使館」

と言った。質問ではない。予想適中《あたり》というやつだ。

「ああ。君に話があるそうだ」

と受話器を預けた。

「君の動静は、我々がばら撒《ま》いた昆虫サイズのドローンが逐一《ちくいち》報告してくれる」

と相手は流暢《りゅうちょう》な日本語で言った。翻訳機を使っている。

「で?」

とせつら。

「今〈区長〉のデスクの上にある瓶を、明日の来訪時に携行して来たまえ」

「えと。何に使うのかな?」

「想像したまえ。それが正解だ」

「あいよ」

このとき、せつらが何を考えたのかはわからない。ただ、彼は、

「わかった」

と言った。

呆然《ぼうぜん》と立ち尽くす梶原に、

「よろしく」

小瓶を奪って去った。坂巻の金縛《かなしば》りが解けたのは、それから一〇分ほど後だった。その間、梶原は呆《ほう》けたような表情を、動かぬ男に向けていた。


せつらの足は、〈区役所〉を出なかった。

地下三階の「技術二課」が目的地であった。

かなり広いスペースを、モーター音や青白い電磁波が埋めている。職員数は二〇名と聞くが、その殆《ほとん》どが工作台の前で、何かを組み立てているふうであった。

ドアの一番近くのデスクの前で、白衣姿の男が居眠りを楽しんでいた。

二課長の飛島《とびしま》である。

「こんちわ」

せつらは耳元でささやいた。眠りを妨《さまた》げるような大きさではなかったが、飛島は跳ね起きた。

せつらを一瞥《いちべつ》した途端に眼を閉じ直したが、もう遅い。

「夢かと思った——用件は？」

「アメリカ軍の飛ばしてるドローンがある」

「ああ。一三三七台」

〈区〉の能力も伊達《だて》ではないらしい。

「それを打ち落とすか、制禦《せいぎょ》不能にして欲《ほ》しい」

「いいとも。内緒の仕事か？」

「明日の午後二時五分前に片づけて」

「任せておけ」

「どーも」

せつらはウインクを送った。

飛島は椅子《いす》から転げ落ちた。骨無しの海月《くらげ》と化してしまったのだ。

せつらが出て行く前に、彼は準備に取りかかった。

2

〈サブナード〉は、〈新宿駅〉東口の〈靖国通り〉と〈モア四番街〉とをつなぐ地下街をさす。かつては約百店舗が並び、客たちも多かったが、〈魔震《デビル・クエイク》〉の直撃を食ってからは、破壊力《マグニチュード》よりも妖障《ようしよう》によって、数度にわたる復興計画も成果を上げていないままであった。

これから起きることを考えると、せつらにとっては無人の廃墟《はいきよ》はむしろ好都合の戦場といえた。

かすかな音は——何処《どこ》かから漏れる水滴のもの、と言ってしまえば簡単だが、しかし、〈魔震〉以来、この水滴の出所を明らかにした者はいない。

霧に似た塊《かたまり》がせつらの足元を走り、頭上を羽搏《はばた》きが通過していった。

明かりはある。天井や壁に付着した菌類の仕業《しわざ》だという。光は、闇に馴染《なじ》む青でも薄暗がりでもなく陽光に似ていた。

前方——〈西武新宿線〉の方へと向かう通路の先、一〇メートルほどのところに、一〇個近い人影が立っていた。

膝立ちの一〇人は軍服姿だが、後方のひとりは私服だ。

「おれはラジャダム——特務機関員だ」

「聞いた」

「ジョゼからだな」

「それが名前か」

「今まで知らずに一緒にいたのか？　媚薬は持って来たろうな」

「これ」

せつらはコートのポケットから小瓶をつまみ出した。

「断わっておくが、この薬は時間が経《た》てば経つほど猛毒化してくる。今じゃひと嗅ぎで、色狂いになる前に人食い鬼だ」

「それは本土の戦略研究センターから聞いている。大人しく出してもらおう」

「その前に――二人」

ラジャダムは右手を上げて、せつらの方へふった。右方の廃レストランの陰から、浩吉とヒバリが現われた。

顔つきに異常はない。薬や妖術からは自由の身だ。

「おかしな処置はしてない？」

とせつらは訊いた。

「信用してもらうしかないな」

「信用できないね」

「なにイ？」

眼を吊《つ》り上げるラジャダムを無視して、

「上の階にドクター・メフィストがいる。診《み》てもらえ。薬はその後で渡す」

「貴様――」

赤鬼のようになったラジャダムの全身から力が抜けたのは、この期《ご》に及んでの、春模様の響きのせいだったかもしれない。

「わかっている。だが、ドクター・メフィストは見張りをつけておいた。二時前に出かけた場合は病院ごと破壊するようにとな。ところが、二時五分前に、全ドローンが機能停止に陥《おちい》った。まさか、その間に」

「そ」

「いや、二時に機能回復してからも、メフィストは病院内にいるのを確認している。それなのに――」

「分身の術」

ダミーのことだろう。〈メフィスト病院〉には、院長と瓜二《うりふた》つの複製が動き廻って、手術や治療をサポートするというシステムが確立しているのだ。

立ちすくむラジャダムを無視して、せつらはスマホを取り出した。バイブレーションがうるさい。

「はい」

　メフィストの声が、

「二人とも心臓に毒薬のカプセルが仕込まれている。私の一メートル前で倒れて死亡──」

　もうひと声聞いて、せつらはスマホを切った。ラジャダムを見すえた眼は、百年と変わらぬ茫洋《ぼうよう》たるものであったが、それに何を感じたものか、ラジャダムは、

「射《う》て！」

と叫んだ。

　兵士たちは引金を引いた。その前に向きを変え、隣と背後の同僚をめがけて。

　銃声と血しぶきが失われた繁華街の一角に奔騰《ほんとう》した。原因が兵士たちを操った不可視の糸にあるのは、言うまでもない。

「待て」

　ラジャダムは後じさりしながら叫んだ。

「待てない」

　突然、二人の間の床を突き破って、黒光りするシャベルのごとき前足を備えた、巨大な甲虫《かぶとむし》が出現するや、せつらに走り寄って来た。異常に早い。

　だが、せつらへとふった鋼《はがね》のシャベルは関節部から斬りとばされ、頭部も落とされた身体は、前のめりに倒れた。

　天井の錆《さび》ついた換気扇から黒い煙が押し寄せたのは、そのときだ。

　煙ではなかった。黒い虫であった。せつらは左右に並ぶ店からの音に耳を澄ませていた。

　シャッターが吹っとんだ。

　圧倒的な質量を誇示しながら、黒い毛の塊が現われた。

「危《やば》」

　その生物の全身に強烈な毒液が詰まっているのを、せつらは知っていた。〈新宿〉の歴史に残る大量死を招いた「〈靖国通り〉における、マン丸ちゃん爆発事件」である。五〇人超の死体と車輛《しゃりょう》を処

分するだけで三日を要したはずだ。それが二つも。傷ひとつ与えただけで、惨劇の二の舞いだ。

「僕のせいじゃないぞ」

せつらはつまみ出した。小さな薬瓶を。

そして蓋《ふた》を取り、一滴を足下に垂らすや、ハンカチで口を覆《おお》って、二つの「マン丸ちゃん」をとび越した。ラジャダムはいなかった。せつらは宙を走って、最も近くの非常口から上階へ、地上へと抜けた。一瞬ふり返った眼に、二匹の「マン丸ちゃん」が鉄の腕と牙を相手の身体に突き立てているのが映った。

背後で展開中の毛むくじゃら同士の性交と食らい合いを、何故か見たくはなかった。

着地と同時に、スマホでメフィストを呼び出す。

「どうなった?」

「死んだ」

「それで?」

「復活まで一分だな」

「よ、名医」

茫《ぼう》とひと声かけて、別のナンバーへ、

「〈サブナード〉を丸一日閉鎖して、衛生部隊を寄《よ》越《こ》したまえ」

それから、メフィストへ、

「後は任せた。じゃ、ね」

外へ出た。

行く先は、ひとつしかなかった。

大使は執務室にいた。

飛翔して来たせつらが、窓ガラスをノックすると、無表情に席を立ち、鍵を外した。

するりと窓を抜けて床に立ち、

「事情はもう?」

と訊いた。

「充分にな。薬は君の手にあるそうだな。好きにしたらどうだ」

「返す」

デスクの上に置かれた小瓶を、大使はとび出しかけた眼球に映した。

「――どうする気だ？」

「これは今、ヒジョーに危険な状態にある」

せつらは眠たそうに言った。

「多分、開けたら世界はおしまいだ。〈新宿〉を除いてね」

「…………」

「後はアメリカの科学力次第だ。世界平和のために頑張って。ロシアと中国も力を貸してくれるかも。んじゃ」

せつらはまた窓から出て、今度は中庭へ下りた。

大使は即、本国へ連絡を取り、恐らくは、科学者と処理班が一時間としないうちに駆けつけるだろう。あの瓶をどう扱うかは、想像もできたが、せつらは思考を中断した。どうでもいいことだ。

後は――

大使館を出て、タクシーで〈四谷ゲート〉を渡るや、ラジオが、緊急ニュースですと告げた。

「〈歌舞伎町〉一帯に食人鬼が出現、通行人を襲撃しています。目下、〈機動警察〉が出動して――」

タクシーを〈メフィスト病院〉の前に停《と》め、せつらは院長と面会し、あることを依頼した。

「一〇分ほど待ちたまえ」

と言ったが、三分ほどで現われ、せつらにある品を手渡した。

「どうも」

せつらは戦場へと急行した。

勝負はまだついていなかった。

猛烈な火器の掃射を受けても、食人鬼たちは致命傷を負わぬ限り、反撃を開始するのだった。みな〈区民〉か〈観光客〉である。

火の手が上がった。火炎放射器が使用されているのだ。その辺、〈機動警察〉は容赦《ようしゃ》がない。

妖糸をロープ代わりに、せつらは食人鬼たちを一撃できる三階建てビルの屋上へ舞い下りた。

標的はすぐに見つかった。

顔前にせつらが舞い下りるや、ユミは眼を丸くしたが、すぐに妖艶《ようえん》な笑みを浮かべた。口元は赤く染まっていた。

「ようこそ」

「放り出してきたけど、まずかったかな」

「そうね。いつの間にか、あの薬の影響が出ていたらしいわ。あなたに言われたとおり、もうこの街を出て行こうとしたら、近づく連中がみいんな所構わずSEXを始めて、終《しま》いには食い合いを始めたの」

腕の匂いを嗅いで、

「あの薬は？」

せつらがポケットからあの小瓶を取り出した。アメリカ大使館では今頃、偽物を地下の核シェルターに保管しているだろう。

「藪医者が三分で治療薬に変えてくれた。一滴でみな元に戻る」

少し待って、ユミは苦笑を浮かべた。

「何て街よ――まったく」

「〈魔界都市〉さ」

「そうだったわね。なら、後は任せたわ」

妖艶極まりない顔が、ふっと邪気のない娘のものに変わった。

「さようなら、私の秋せつら」

いきなり背を向けて走り出した。

せつらは止めなかった。

横合いから、銃声が轟《とどろ》き、ユミは夢から醒《さ》めたように生き生きと地面に叩きつけられた。

それで用は終わったかのように、せつらは小瓶の蓋を取って、瓶ごと路上に放った。

人食い騒動が終わるまで一分とかかるまい。

少しの間、そこに立ち、せつらはきびすを返した。もうふり向かなかった。

本書は書下ろしです。

あとがき

ひい。疲れた。どうして疲れたか？　ほっとけ。私にもわからない。

というのは嘘《うそ》で、よおくわかっているのだが、明かしても神がかりになるだけなので、やめておこう。すべては、私の怠《なま》け癖《ぐせ》が原因です、はい。

書けず（書かず？）にいる間の娯《たの》しみはホラーDVDであった。

市販の品はロクなものがないので、録画した分ばかりを観《み》ていたが、市販品でただ一本、おお！　と唸《うな》らせてくれた傑物《けつぶつ》があった。

「ブラッド・シップ《BLOOD VESSEL》」（'19）――これだよ。

原題のごとく、人でも貨物でも積み込むSHIPではなく、人とその荷物を運ぶVESSELをさす。

で、どんな話かというと、第二次大戦中、ドイツ軍のUボートに撃沈された病院船の生き残りが、なんと通りかかったドイツ船に乗り込んで、ひと息ついたと思ったら――の話である。

甲板《かんぱん》で大騒ぎしていても、船員は誰ひとりやって来ない。こりゃおかしいと、船内へ潜《もぐ》り込むと、船長は舵輪《だりん》を握りながらミイラと化し、船員もヤな死に様をさらしている。船長の手には十字架が——この辺で好き者にはわかるだろう。

残されたフィルムから、これがルーマニアからドイツへと宝物や他の荷物を運ぶ客船だと知れる。

無人と思われた船内には、ただひとりの生き残り——六、七歳の女の子がいた。会話は通じないが、しきりに「家族家族《ファミリー》」と口走って、イギリス人の女医を船内へ導《みちび》こうとする。その荷物とは？　縄で縛《しば》られた大きな函《はこ》ふたつであった。

いや、もうひとり、ナチの軍人がいたが、彼は一室に閉じ籠《こ》もり、女の子を見るや狂乱——何人かを射殺し、自分も殺される。一見、愛くるしい女の子が握っている人形は、両眼がえぐり取られている。

そろそろわかってきただろう。

函の中身を当ててみな。

この映画が必要以上に私を面白がらせたのは、翻訳家にして評論家O氏から教わったハリウッド最新情報——「THE LAST VOYAGE OF THE DEMETER」があったからだ。

このタイトルでピン！　とこない方は、失礼だが、ホラー・ファンを名乗ってはいけない。

そう。かの伯爵をルーマニアから英国へと搬送した貨物船の名前である。

私は原作を読んだときから、この短い航海を映画化する奴《プロデューサー》がいないかと思っていたのだが、ホラーもネタ切れになったらしく、遂《つい》に企画会議にかけられ——通ったと思《おぼ》しい。本来、女性には縁がない航海《VOYAGE》なのだが、予告編を見ても、熟女と少女が登場しているし、伯爵の姿も、この映画と同じ禿《はげ》に鉤爪《かぎづめ》のノスフェラチュ・スタイル。ひょっとして、「THE LAST〜」の話を聞きつけて、かっぱらったかな、と思ったくらいである。なにしろ、VFX担当が「スター・ウォーズ」新三部作のスタッフだというしね。

製作国はオーストラリアだし、キャストも無名。費用もかかっていないが、見ているうちに、船の謎だけではなく、製作の裏事情まで察しられてきて、面白さは倍であった。

函の主の襲いっぷりより、迎え撃つ人間たちの殺し方のほうがはるかにエグく、私は拍手してしまった。騙《だま》されたと思って、観てごらんなさい。レンタルで充分。

というわけで、映画が面白い分だけ、原稿は遅々として進まず、担当のH2氏と編集部、及び印刷会社の方々には多大な迷惑をおかけすることになった。深くお詫びいたします。

令和五年六月某日

「ブラッド・シップ」（'19年）

を観《み》ながら。

菊地秀行

キリトリ線

ノン・ノベル百字書評

なぜ本書をお買いになりましたか（新聞、雑誌名を記入するか、あるいは○をつけてください）

□（　　　　　　　　　　　）の広告を見て
□（　　　　　　　　　　　）の書評を見て
□ 知人のすすめで　　□ タイトルに惹かれて
□ カバーがよかったから　　□ 内容が面白そうだから
□ 好きな作家だから　　□ 好きな分野の本だから

いつもどんな本を好んで読まれますか（あてはまるものに○をつけてください）

●**小説**　推理　伝奇　アクション　官能　冒険　ユーモア　時代・歴史
恋愛　ホラー　その他（具体的に　　　　　　　　）

●**小説以外**　エッセイ　手記　実用書　評伝　ビジネス書　歴史読物
ルポ　その他（具体的に　　　　　　　　）

その他この本についてご意見がありましたらお書きください

最近、印象に残った本をお書きください		ノン・ノベルで読みたい作家をお書きください	

1カ月に何冊本を読みますか	冊	1カ月に本代をいくら使いますか	円	よく読む雑誌は何ですか	

住所					
氏名		職業		年齢	

あなたにお願い

この本をお読みになって、どんな感想をお持ちでしょうか。

この「百字書評」とアンケートを私までいただけたらありがたく存じます。個人名を識別できない形で処理したうえで、今後の企画の参考にさせていただくほか、作者に提供することがあります。

あなたの「百字書評」は新聞・雑誌などを通じて紹介させていただくことがあります。その場合はお礼として、特製図書カードを差しあげます。

前ページの原稿用紙（コピーしたものでも構いません）に書評をお書きのうえ、このページを切り取り、左記へお送りください。祥伝社ホームページからも書き込めます。

〒一〇一―八七〇一
東京都千代田区神田神保町三―三
祥伝社
NON NOVEL編集長　坂口芳和
☎〇三（三二六五）二〇八〇
www.shodensha.co.jp/
bookreview

NON NOVEL

「ノン・ノベル」創刊にあたって

「ノン・ブック」が生まれてから二年一カ月、ここに姉妹シリーズ「ノン・ノベル」を世に問います。

「ノン・ブック」は既成の価値に〝否定《ノン》〟を発し、人間の明日をささえる新しい喜びを模索するノンフィクションのシリーズです。

「ノン・ノベル」もまた、小説《フィクション》を通して、新しい価値を探っていきたい。小説の〝おもしろさ〟とは、世の動きにつれてつねに変化し、新しく発見されてゆくものだと思います。

わが「ノン・ノベル」は、この新しい〝おもしろさ〟発見の営みに全力を傾けます。ぜひ、あなたのご感想、ご批判をお寄せください。

昭和四十八年一月十五日

NON・NOVEL編集部

NON・NOVEL —1060

長編超《スーパー》伝奇小説

魔界都市《まかいとし》ブルース　媚獣妃《びじゅうき》

令和５年７月20日　初版第１刷発行

著　者　菊《きく》地《ち》秀《ひで》行《ゆき》

発行者　辻　浩　明

発行所　祥《しょう》伝《でん》社《しゃ》

〒101-8701

東京都千代田区神田神保町 3-3

☎ 03(3265)2081(販売部)

☎ 03(3265)2080(編集部)

☎ 03(3265)3622(業務部)

印　刷　萩原印刷

製　本　ナショナル製本

ISBN978-4-396-21060-1　C0293

サイコダイバー・シリーズ
魔獣狩り 新装版　夢枕　獏

長編超伝奇小説　新装版
魔獣狩り外伝 聖母隠陀羅・美空曼陀羅　夢枕　獏

長編超伝奇小説　新装版
新・魔獣狩り序曲 魍魎の女王　夢枕　獏

サイコダイバー・シリーズ⑬〜㉕
新・魔獣狩り〈全十三巻〉　夢枕　獏

マン・サーチャー・シリーズ
魔界都市ブルース〈愁鬼の章〉　菊地秀行

マン・サーチャー・シリーズ
魔界都市ブルース〈幻舞の章〉　菊地秀行

マン・サーチャー・シリーズ
魔界都市ブルース〈恋獄の章〉　菊地秀行

マン・サーチャー・シリーズ
魔界都市ブルース〈愁哭の章〉　菊地秀行

マン・サーチャー・シリーズ
魔界都市ブルース〈鬼郷の章〉　菊地秀行

マン・サーチャー・シリーズ
魔界都市ブルース〈霧幻の章〉　菊地秀行

マン・サーチャー・シリーズ
魔界都市ブルース〈愁歌の章〉　菊地秀行

マン・サーチャー・シリーズ
魔界都市ブルース〈影身の章〉　菊地秀行

マン・サーチャー・シリーズ
魔界都市ブルース〈錦愁の章〉　菊地秀行

魔界都市ブルース
青春鬼　菊地秀行

魔界都市ブルース
闇の恋歌　菊地秀行

魔界都市ブルース
青春鬼　夏の羅刹　菊地秀行

魔界都市ブルース
妖婚宮　菊地秀行

魔界都市ブルース
〈魔法街〉戦譜　菊地秀行

魔界都市ブルース
狂絵師サガン　菊地秀行

魔界都市ブルース
美女祭綺譚　菊地秀行

魔界都市ブルース
虚影神　菊地秀行

魔界都市ブルース
屍皇帝《しこうてい》　菊地秀行

魔界都市ブルース
〈魔界〉選挙戦　菊地秀行

魔界都市ブルース
〈新宿〉怪造記　菊地秀行

魔界都市ブルース
ゴルゴダ騎兵団　菊地秀行

魔界都市ブルース
黒魔孔《こくまこう》　菊地秀行

魔界都市ブルース
餓獣の牙　菊地秀行

魔界都市ブルース
傭兵《ようへい》戦線　菊地秀行

魔界都市ブルース
幻視人《げんしびと》　菊地秀行

魔界都市ブルース
紅《くれない》の女王　菊地秀行

魔界都市ブルース
闇鬼刃《あんきじん》　菊地秀行

魔界都市ブルース
天使たちの紅《あか》い影　菊地秀行

- 魔界都市ブルース 傀儡人《からくりびと》の宴 菊地秀行
- 魔界都市ブルース 木乃伊《ミイラ》綺譚《きたん》 菊地秀行
- 魔界都市ブルース 媚獣妃《びじゅうき》 菊地秀行
- 長編超伝奇小説 ドクター・メフィスト 夜怪公子《やかいこうし》 菊地秀行
- 長編超伝奇小説 ドクター・メフィスト 若き魔道士 菊地秀行
- 長編超伝奇小説 ドクター・メフィスト 瑠璃魔殿《るりまでん》 菊地秀行
- 長編超伝奇小説 ドクター・メフィスト 妖獣師ミダイ 菊地秀行
- 長編超伝奇小説 ドクター・メフィスト 不死鳥街 菊地秀行

- 長編超伝奇小説 ドクター・メフィスト 消滅の鎧《アーマー》 菊地秀行
- 魔界都市迷宮録 ラビリンス・ドール 菊地秀行
- 魔界都市プロムナール 夜香抄《やこうしょう》 菊地秀行
- 魔界都市ノワール 魔香録 菊地秀行
- 魔界都市ノワール 兇月面 菊地秀行
- 魔界都市ヴィジトゥール 幻工師ギリス 菊地秀行
- 長編超伝奇小説 魔海船〈全三巻〉 菊地秀行
- 退魔針 紅虫魔殺行 菊地秀行

- 新バイオニック・ソルジャー・シリーズ 新・魔界行〈全三巻〉 菊地秀行
- 長編新伝奇小説 夜光曲 薬師寺涼子の怪奇事件簿 田中芳樹
- 長編新伝奇小説 水妖日にご用心 薬師寺涼子の怪奇事件簿 田中芳樹
- 長編新伝奇小説 海から何かがやってくる 薬師寺涼子の怪奇事件簿 田中芳樹
- 長編新伝奇小説 白魔《びゃくま》のクリスマス 薬師寺涼子の怪奇事件簿 田中芳樹
- 連作小説 厭な小説 京極夏彦
- 長編新伝奇小説 ソウルドロップの幽体研究 上遠野《かどの》浩平
- 長編新伝奇小説 メモリアノイズの流転現象 上遠野浩平

- 長編新伝奇小説 メイズプリズンの迷宮回帰 上遠野浩平
- 長編新伝奇小説 トポロシャドゥの喪失証明 上遠野浩平
- 長編新伝奇小説 クリプトマスクの擬死工作 上遠野浩平
- 長編新伝奇小説 アウトギャップの無限試算 上遠野浩平
- 長編新伝奇小説 コギトピノキオの遠隔思考 上遠野浩平
- 魔大陸の鷹 氷海の狼火 赤城 毅
- 魔大陸の鷹 燃える地平線 赤城 毅
- 長編冒険スリラー オフィス・ファントム〈全三巻〉 赤城 毅